Impresión y editorial: BoD – Books on Demand
info@bod.com.es - www.bod.com.es
Impreso en Alemania – Printed in Germany
ISBN: 9788411743174

INTRODUCCION

Es imprescindible aclarar que las historias que se narran a continuación son una recopilación anárquica sin conexión entre sí. No es un formato habitual. Cada una de ellas podría haberse publicado como pequeños folletos independientes, que es lo que son. Pero ha parecido conveniente juntarlas bajo un mismo techo y envolverlas, tal vez, con un tejido pícaro que pudiera tener otras pretensiones.

No tienen un talante común ni se pueden englobar en un mismo género.
Pueden ser producto de imaginación, simplemente, o alguna de ellas puede estar camuflando una intención real de transmitir algo que no podría relatarse más que disimulada bajo un traje humorístico.
En cualquier caso, quedan en manos del lector darles la trascendencia o la trivialidad que se quiera.
Lo que sí es seguro es que, si lo prefieren, pueden ser un recorrido ameno para una tarde gris y aburrida de invierno. Sin más pretensiones.

Así que, enciendan la chimenea, pónganse la bata y, con los pies apoyados en la mesita, dejen resbalar sus sentidos sobre el suave terciopelo de las palabras.

El autor

A mi compañera

Por todos los abrazos al pie de la escalera, sin los que no hubiera podido seguir adelante, gracias amor.

El escritor de novelas

El misterio de LAS PALABRAS

No creo que a nadie pueda interesarle lo que me sucedió. No creo que nadie haya cogido este libro con el interés íntimo de descubrir algo que le merezca la pena. En realidad, cuando alguien coge un libro entre sus manos y se sienta en su sillón favorito, con la lámpara de pie sobre su hombro izquierdo y las zapatillas puestas, coge una evasión. Quiere vivir algo que a él le falta para poder alejarse durante un rato de lo que le es sobradamente conocido.

Probablemente no sabe lo que busca. Su cotidianeidad no es lo suficientemente apasionante y recurre a la evasión de la mente poniéndose en manos de otro. Confía en que ese otro sea lo bastante ingenioso como para alejarle del aburrimiento de vivir o de la responsabilidad de enfrentarse consigo mismo. Prefiere que sea otro el que invente los estímulos que a él le da pereza inventar.
No creo ser la persona adecuada para satisfacer esa necesidad. Necesidad que yo he sentido a veces, cuando, alejado de mí mismo, he preferido la evasión de lo fácil para parar esa máquina infernal y ruidosa del pensamiento desbocado durante un tiempo con una dolorosa e inevitable vuelta a la realidad, castigo de los cobardes.

Tendría que ser capaz de crear una fantasía nueva, alejada de los tópicos habituales en un mundo en que cualquier cosa ya la ha dicho alguien antes. Podría crear el esqueleto de una historia y pasarme días y días de indecisión solamente buscando los nombres de los actores para que tuvieran una correcta fonética, un atractivo sonoro, una coherencia.

Luego, habría que investirles de una personalidad definida establemente a lo largo de todos los capítulos. Podría basarme en personas conocidas con los retoques necesarios para que no se sintieran demasiado identificadas con su lectura y me causaran posteriores problemas.

Conseguido esto, habría de crear una trayectoria en el tiempo nuestro en la que se fueran sucediendo acontecimientos atractivos, con el suficiente suspense como para mantener la atracción constantemente.

Si esto se lograse, tendría que prepararlo de forma atractiva y buscar a alguien importante a quien convencer de que presentara la obra alabándola lo suficiente.

Por fin, como última batalla, me vería obligado a saltar al mundo en el que uno se da a conocer, asistir a tertulias, caer bien, tomar copas, abandonar una vida satisfactoria, atender llamadas de teléfono en horas intempestivas que interrumpirían los mejores momentos de mi intimidad, firmar contratos, poner sonrisas aún en esos días grises en los que las sonrisas son un caro préstamo del alma.

El premio, de salir todo bien, sería el reconocimiento público de mi valía, no exento de críticas ácidas y envidias, de los saludos en la calle de desconocidos que no han entendido mi obra y que no me caen bien.

Perdería mi anonimato y tendría que mantener un aspecto exterior coherente con la imagen que, forzosamente equivocada, se habría creado sobre mí.

Apasionado que soy, terminaría mi obra agotado. Aunque la empezara fingiendo, terminaría por volcar en ella toda el alma día a día. Me presentaría ante todos, conocidos y desconocidos desnudo. Se conocerían hasta los más intrincados resquicios de mi intimidad. Cuando hablase con quien hubiese leído mi obra, estaría ante una roca inexpugnable, indefenso, en inferioridad de condiciones, así que tendría que blindarme permanentemente, lo que me causaría un daño irreparable.

No obstante, me veo ante el teclado. Los dedos corren torpe pero rápidamente sobre las letras. Me asombro cómo una cualquiera de ellas, la "s" por ejemplo, vale para poner *"sol"* y un momento después sirve para poner *"sombra"*. Y, siendo la misma letra, colabora traidora en conceptos opuestos, sin recato alguno, sin ideología propia.

Echo de menos la existencia de unos símbolos honrados y únicos que plasmen de un solo grafismo un sentimiento, una sensación, la defensa de una idea, la pasión de un abrazo esperado... Echo de menos un teclado infinito en el que poder poner no ya los dedos, sino la mano entera, a palmadas ágiles, las manos sobre símbolos, manchas, emblemas, que vayan produciendo la música de las sensaciones que tengo.

Tal vez la música pudiera ser lo suficientemente expresiva. A la música le sobra la expresión pero le faltan los conceptos. Y, ante el teclado convencional, veo, desde cuarenta centímetros más arriba, cómo mis dedos, que son míos aunque parezcan independientes, mariposean de aquí para allá tratando de describir lo que yo, que me siento colocado cuarenta centímetros más arriba, pienso.

Siempre hay una decepción. Debo limitar mi escritura hacia manifestaciones externas y simples, fácilmente asimilables. Tengo que relatar lo cotidiano, y todo ello con un orden, con una ortografía, con una disciplina y una gramática impecables. Tengo que meter al universo en cajitas pequeñas, llenas de etiquetas y conseguir que siga siendo infinito. Luego, cuando alguien haga referencia a ello, veré que me habla de otra cosa que yo no he escrito. Habrá tomado mis oraciones gramaticales, las habrá llevado a sus sensaciones, habrá generado sus sentimientos, producto de su experiencia personal y habrá fabricado un producto diferente al que yo le he dado. ¿Es eso lo pretendido?

"La situación se me escapa de las manos a ojos vistas."

Esta última frase, al traducirse a otro idioma tendrá que pasar por un traductor que la entienda perfectamente y la convierta en algo completamente diferente que quiera expresar lo mismo en una cultura diferente, con otra historia y otros parámetros de juicio distintos. Dependo del traductor. Lo que yo quiero decir puede acabar distorsionado hasta el ridículo y crear sensaciones que yo ni siquiera soy capaz de percibir. El traductor habrá escrito un libro diferente al mío, del que yo no soy autor aunque lo ponga en la portada. Cuando un extranjero me mire, veré en su mirada cómo está mirando a otra persona y esperará de mí reacciones que yo no tengo. Seguro que le decepcionaré.

Los dedos siguen, las cuartillas se suceden ordenadas a mi izquierda, grises de lejos, llenas de "eses" traidoras.
Para plasmar una emoción que he tenido en una fracción de segundo, *cuando un ribete de nubes se colocó intencionadamente entre el abeto y el sol naranja*, he tenido que llenar cinco cuartillas de formato normalizado a un espacio y medio. He querido suprimir las *"eses"* pero las he tenido que volver a poner ante el galimatías que he organizado.

Al releer lo escrito, he tardado dos minutos de reloj en revivir lo de la nube tras el abeto. Cuando otra persona lo lea, no esperará encontrar lo que yo ya sabía de antemano que iba a decir. Tardará tiempo en leerlo y no podrá obtener el mismo resultado de una sensación que, realmente, duró una fracción de segundo.

Durante esos minutos, su cerebro habrá producido sin duda cientos de chispazos intermedios, habrá relacionado subconscientemente miles de acontecimientos únicos de su vida propia que yo desconozco. No habré podido abstraerle lo suficiente de sí mismo como para llevarle a mi mundo único y abrumarle con mi experiencia única. En su interior se habrá producido un párrafo diferente.

Al final, habrá generado un libro distinto del que compró. Si lo escribiera, solamente quedaría entre ambos una vaga similitud de la estructura: lo menos importante, lo trivial, el esqueleto, la disculpa.

"Me levanté."- No, mejor: *"Ricardo Pérez se levantó."* También puede ser: *"El Sr. González saltó de la cama."*- No sé... Si digo "*me levanté*", condiciono todo el resto de la obra a la primera persona. Eso puede hacer parecer que hablo de mí mismo, del escritor, del que tiene su nombre en la portada.

Cuando el lector acabe el libro, creerá que yo le he relatado mi vida. Pero mi vida no le importa ni yo quiero contársela. Puede interpretar que yo me coloco en la piel de un personaje que conozco y relato su vida. O que es un personaje ficticio, en el que yo he puesto una a una sus emociones. Alguien creado por mí. Puede ser alguien parecido a mí porque yo no puedo evitarlo. Si pongo "*Ricardo Pérez*", parece que está más claro que no soy yo. Aunque el malpensado del lector puede creer que es un truco para apartarle de esa idea y esconder mi personalidad detrás de un personaje. Personaje que irá forzosamente vestido de forma diferente (solo en la mente de mi lector), si se llama "Sr. González". Y aún no he llenado ni una línea de la primera cuartilla.

Sobre el teclado hay una cuartilla nueva en blanco. En la papelera hay tres bolas arrugadas. En una pone "*Me levanté"*, en otra pone *"Ricardo Pérez se levantó"* y en la tercera *"El Sr. González saltó de la cama"*.

En ninguna hay título. El título es tan importante que habrá que dejarlo para el final. Tiene que hacer alusión al contenido, tiene que ser llamativo, comercial, impactante.
Si hay un subtítulo la cosa se complica multiplicativamente. Definitivamente hay que dejarlo para el final, cuando la obra esté concluida y ello nos dé una pista.

Porque la obra no está pensada, se va creando ella sola, paulatinamente, día a día. No sé lo que voy a decir, no sé si mataré al personaje secundario o no. Aún no existe en mí. O tal vez no haya personajes. O tal vez no la termine nunca y me ahorre el esfuerzo de buscar el título.

Pensando en abandonar, algo me dice que debo intentarlo: sé que tengo algo que decir, puede que alguien sea diferente del que ahora es si lo lee. Siento una relativa obligación en sacar a la luz lo que siento.

Pero mi máquina de escribir está parada, el papel está blanco y en la papelera hay tres bolas de papel arrugado.

Escribir abre infinitas posibilidades porque es una de las muchas manifestaciones del complicado ser humano. Puedo escribir algo como lo que sigue a continuación.

Para leerlo, procuren ustedes estar solos en casa; que nadie les vea. Colóquense en el centro de una habitación en la que se pueda gesticular ampliamente sin tropezar con las paredes y lean como si estuvieran en un teatro inmenso, como si fueran actores consumados y tuvieran a miles de bocas abiertas y ojos asombrados: Ahí va:

"He esperado eternamente este momento para decirles a los dioses que no temo su ira. Apenas los cielos hayan comenzado a manifestar la gloria eterna de los tiempos

gloriosos, cuando yo, aquí, de pie, desafiante, entregaré el símbolo de mi propia dignidad a los hijos de los hombres que se atrevan a pronunciar mi nombre. Soy el que soy y lo voy a ser para siempre aunque miles de generaciones contemplen desde su ignorancia la dicha de quienes supieron estar conmigo en los momentos difíciles."

Olvidé decir que no busquen significado a lo que está en cursiva. No quiere decir nada. Son palabras y palabras de las que se pueden escribir cientos de miles sin parar, una noche entera.

Se pueden escribir grandes discursos grandilocuentes que suenen bien. La literatura es una cosa que tiene que sonar bien, que tiene que tener ritmo y musicalidad, si no, le falta algo. Pero si solo es eso, no es literatura.

No quiero ser grandilocuente. Ni quiero provocar la lágrima fácil con una historia triste de despedidas. ¿Cómo voy a inventarme una novela, unos personajes, una acción encadenada y sorprender? Cualquier cosa que escriba ya ha sucedido. Y si no ha sucedido, alguien se la ha inventado antes que yo.

En estos tiempos en que hay tanto papel en la calle, todo se ha dicho desde todos los ángulos posibles. Si hay que ser original, olvídenme.

La vida del escritor es muy dura: hay que llamar la atención, hacerlo bien, ser original, no tener erratas y vender miles de ejemplares para cobrar unas monedotas de cada uno. Eso sin contar la de veces que hay que sentarse delante de una larga fila de caras anónimas y firmar infinitas veces, hasta que se olvida cómo firmar, dedicando a *"Para Loli con fervor, el autor"* Loli, que no va a entender nada o que ni siquiera lo va a leer. Solamente lo quiere para enseñárselo a sus compañeras de colegio sobando la firma una y otra vez. Agradezco no ser un escritor consumado y conocido porque no sería sincero al dedicar a las Lolis frases forzadas que no iba a sentir y colaborar a la vanidad de otros.

El pintor es otra cosa. El pintor hace un cuadro y lo vende. Un solo cuadro vale más que todas las ediciones y reediciones que un escritor pueda hacer de su libro. Como es uno solo, adquiere un precio desorbitante en un mercado enloquecido por tenerlo en la pared de su casa. Si está en un museo, miles de personas hablarán de él, lo contemplarán. Saldrá por televisión para que lo vean unos cuantos millones más. El público no tiene que estar dos horas delante del cuadro para comprenderlo o creer que lo comprende.

Imagínense que yo escribo una novela y la cuelgo de una cuerda en un museo. Imagínense a miles de personas pasando por delante y admirándolo. Necesitan tiempo, necesitan hacer un esfuerzo mantenido, una atención mantenida durante un período para sacar conclusiones que ante el cuadro apenas les lleva, en el mejor de los casos, un par de minutos.

El pintor les enseña una pequeña porción de su alma y se la mete por los ojos. Eso les llega a sus almas puro, tal cual salió del alma original y, sin erratas, sin esfuerzo, sin utilizar el pensamiento, obtiene el resultado apetecido. El pintor tiene suerte. No ha pasado más noches pintando que yo escribiendo. No ha tirado a la papelera más lienzos que yo hojas de papel arrugadas. No tiene "eses" repetidas. Cada pincelada es única y está en cada sitio representando una cosa diferente.

Imagínense que yo irrumpo en un auditorio, entre el concierto nº.1 de Tchaikovski y el Aleluya de Haëndel y me pongo a leer, durante dos horas, una novela en la que relato una tierna situación de dos amantes cuyos padres se oponen a su relación. ¿Cuánto tiempo haría falta para que el público abandonara la sala?

El músico también tiene suerte: escribe su obra y, cada vez que se reproduce en una sala, cientos de personas la oyen simultáneamente creando esa magia que solo da la compañía. Luego, una sola copia en un disco y una emisora de radiodifusión, son suficientes para que todo el mundo sienta o crea sentir en su interior lo que el músico sintió durante esas noches de insomnio.

Pero el escritor está solo en su cuarto. Escribe y arruga sin parar. Cuando termina, repasa, y se acuesta cansado, ya de madrugada. Sabe que su obra está sobre una mesa, inerte. Y que para producir el mismo efecto que la pintura o que la música, o que la escultura que está en el centro de la ciudad y que cientos de personas admiran inevitablemente a diario, le espera un largo y árido camino que tal vez no haga nunca.

Las eses me sofocan, las tes me torturan, las ces me cansan, las aes me aburren… porque para decir "cielo" necesito cinco de ellas y para decir "*el cielo gris del otoño aplacó mi ira*", que es algo que me puede suceder en un instante, necesité dar treinta y siete golpecitos en el teclado, con dos dedos y mirando las teclas.

¿Cuánto espacio necesito para decirle a Loli cómo es por dentro el Sr. González, con su complejidad interior, con una larga vida a sus espaldas llena de emociones? ¿Y, cómo puedo conseguir que, cuando Loli termine el libro, tenga del Sr. González una idea exacta de cómo es y no cómo cree ella que es?

He leído la novela de otro. Relata una serie de acontecimientos cotidianos de personas corrientes que se mueven a lo largo de su vida de forma ordenada. Van sucediendo una serie de cosas que les hacen relacionarse entre sí. Chocan, se enamoran y desenamoran. Se enfrentan y toman decisiones sobre la marcha que van cambiando su vida. El final es feliz.

Cierro el libro. Me quedo pensando en lo que tiene que ver conmigo. La tramoya es una disculpa, supongo, para algo más. Porque el relato en sí es uno más de los muchos que me encuentro a diario. Se parece a la vida misma. Se parece a la mía o a la de mi vecino y, realmente, no me interesa.

Mi propia vida me parece mucho más apasionante por lo misterioso que es su futuro. Cada mañana, al levantarme, no sé si me moriré, si me pondré enfermo o si seguiré sano hasta los cien años. No sé si la llamada que está sonando en el teléfono va a cambiar el resto de mi vida como ya me ha pasado. (No se lo voy a contar a ustedes: no se metan en mi vida, caramba).

No sé si un gesto aparentemente trivial de otra persona va a crear un futuro diferente del que estaba esbozado. Cada mañana es un laberinto diferente que hay que seguir con el bolígrafo para que el conejo encuentre la zanahoria. Y cada día inicio un laberinto nuevo que no termino nunca. Es apasionante.

Yo mismo, paseando por la calle a paso lento, puedo decidir que cambie todo el resto de mi vida conscientemente. Puedo acelerar el paso y ya he cambiado el futuro. Me voy a cruzar con alguien que me va a entretener y con quien voy a tomar un café. En medio de una conversación corriente me va a proponer un negocio en el que yo no había pensado y para el que él estaba buscando un socio.

A partir de ese momento voy a ocupar muchos minutos de mi vida en algo que no estaba previsto. Todo ello ha sucedido porque he apretado el paso. Y así cada vez que apriete el paso, y cada vez que lo ralentice, y cada vez que me pare en un escaparate o cada vez que me haga el distraído al cruzarme con un conocido. Y así cada segundo, cada decisión, cada pequeño detalle. ¿No es apasionante? ¿Para qué quiero la historia de otro, en la que, además, no puedo participar y que, además, no puedo cambiar voluntariamente?

Debo suponer que la finalidad del autor no ha sido la de contarme una historia corriente. Supongo que ésta es solamente la estructura que le permite divagar por los entresijos de la conciencia, plasmando sus impresiones, sus sensaciones, sus juicios.

Creo que ha tratado de decirme algo. Y no ha querido decírmelo directamente, sino envuelto en las sensaciones y los pensamientos de los protagonistas. Es un método algo retorcido. He tenido que tragarme montones de palabras inútiles para exprimir un supuesto contenido. Si lo consigo, que esa es otra, puede que me encuentre con algo conocido y pasado para mí, que no me interesa. Puede también ser de una gran profundidad que aún no alcanzo a comprender por qué no estoy preparado para ello. ¿Para qué lo he leído?

Tal vez durante las horas de la lectura he olvidado los detalles de mi propia vida, mis obligaciones, mis preocupaciones, mis problemas. Cuando cierro el libro, aún durante un rato, estoy más en el mundo ficticio de la novela que en el mío propio. Pero cuando el mundo irreal desaparece, la cotidianeidad se presenta de nuevo, de golpe, bruscamente, implacable.

Vuelvo a recordar mis obligaciones con Hacienda y la letra protestada por impago. Y estas realidades no han leído la novela, no se han difuminado entre sus personajes: siguen siendo reales y dolorosas. Incluso me he olvidado de hacer una llamada importante mientras leía y eso me va a traer más problemas aún.

Creo que hubiera sido más productivo enfrentarme con mi realidad y solucionar mi vida. O, mejor, vivir dándole a las cosas la importancia que realmente tienen, o sea, ninguna.

La labor que el anónimo escritor de mi novela ha tratado de hacer conmigo la puedo realizar yo solo, sin su ayuda. Además, eso me predispondrá a ver las cosas de otra forma, con lo que me prepararé mejor para los problemas futuros. Sigo sin entenderlo. ¿Acaso necesito olvidarme de mi vida por unas horas para ser más feliz?

Mi perra se llama Viruta. Eso tiene su explicación pero no viene al caso. Es ciega y eso sí viene a cuento. Solo tiene el ojo derecho pero no ve nada por él. También es algo mayor y muy despistada. Me han dicho que acabe con ella. Pero Viruta mueve el rabo: Viruta es feliz. No sabe que es ciega: cree que siempre es de noche y tropieza con todo lo que encuentra. Me quiere y la quiero. Y, ya lo dije: es feliz. No lee, lo garantizo. Se limita a vivir cada día como si fuera el único y se va acomodando a las circunstancias que le ha tocado vivir sobre la marcha. Y también dije que no lee.

Podría utilizar a Viruta para llenar una docena de páginas y lucirme con una gramática brillante, utilizando, a ser posible, palabras poco usuales sacadas de un diccionario.

Cuanto más gordo el libro, mejor. Así que colocaríamos todos los adjetivos posibles, y con otro diccionario de sinónimos, utilizaríamos las palabras largas en lugar de las cortas. Luego, aumentamos el tamaño de la letra, aumentamos los márgenes, añadimos una cenefa en cada página y comenzamos los capítulos a la mitad de una. Unas hojas en blanco al principio, con la dedicatoria, con la presentación de un señor famoso que hizo lo mismo, otra con los datos de la imprenta y las licencias correspondientes. Otras hojas en blanco al final. Un índice por capítulos y otro temático.

Las cubiertas gruesas y la encuadernación ancha. Entre medias, algún dibujito y/o alguna fotografía "*ad hoc*". Si hemos llegado a un lomo de dos centímetros donde quepa un título con letras llamativas, y, por supuesto, mi nombre, ya tenemos un candidato a best-seller.

Ahora ya saben ustedes por qué no pienso escribir una novela

DE "EL DIARIO DE UN LOCO"
(Anotación del último día)

Era tarde entrada. Había una calma absoluta y rara. El cielo era de un azul pálido y no soplaba ningún viento. Mucha paz. Todo tranquilo. Extrañado, miraba mi larga sombra mientras pensaba un sinfín de cosas. Sin anunciarse, una masa caliente y pegajosa de aire me empujó con violencia hacia delante. Me volví: Todo había cambiado repentinamente: nubes de polvo rojizo se levantaban rabiosas en el horizonte entrechocándose consigo mismas.

El sol era más grande ahora, de un rojo vivo y rodaba en torno de sí mismo con violencia. Vivos resplandores partían de él y estallaban en los árboles y algo misterioso se levantaba a mi alrededor, del suelo, del agua, de las piedras, de todo y me aturdió. Parecía algo así como una resurrección del ave Fénix o algo por el estilo. Todo esto envuelto en nubes rojas, árboles rojos, piedras rojas y enormes rostros rojos y duros que miraban desorbitados al infinito. La nada no existía. Todo era material y áspero entre oleadas de fuego y de misterio. Ya no había sol. Era un ojo, un solo ojo bestial y metálico que miraba en todas direcciones y quemaba y destruía con sus llamaradas.
A mi alrededor ya no distinguía objetos. Algo implacable y oculto los había arrastrado consigo dejando una huella espantosa de misterio.

Todo había desaparecido menos el ojo, el GRAN OJO que no respetaba nada y lo iba engullendo todo.
De entre esa nada pegajosa salían formas negras que chocaban violentamente entre sí. El ojo les daba resplandores de vivos destellos rojos, amarillos y bronce entre el fatal negro de sus sombras y el retumbar de sus pezuñas.

El fragor aumentaba por momentos; las sombras pasaban furiosas; el ojo se acercaba, crecía. Una luz cegadora difuminaba los colores: todo se aclaraba y brillaba de una manera feroz.

El Ojo venía, venía, venía, cada vez mayor. Todo el horizonte era fuego. Todo había desaparecido. El fuego lo envolvía todo menos el centro del Ojo, una pupila horrible, espantosa, gigante, que me miraba y me tragaba.
De pronto oí un grito, un grito pavoroso, de muerte. Miré a mi alrededor:

Era mi grito, ¡Mi propio grito! ¡El grito de un loco!

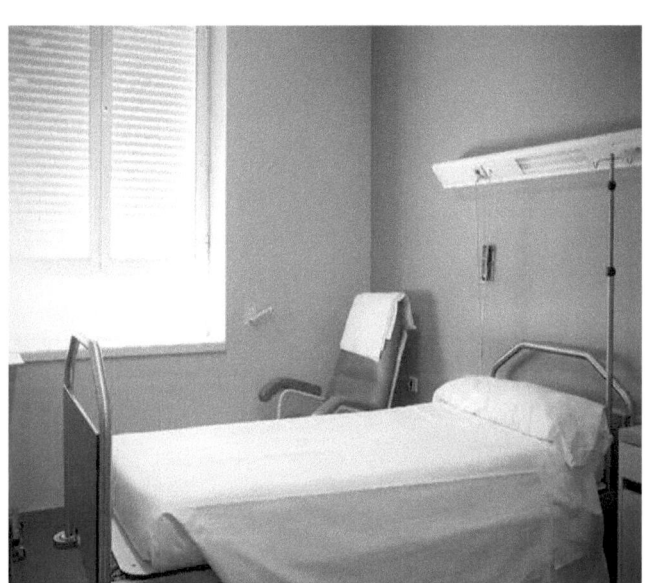

LA BREVE HISTORIA DEL POBRE URECIO

EL HOSPITAL

Urecio era una persona sana hasta que un día dejó de serlo. Tampoco es que le pasara nada grave y no vamos a entrar en eso porque no es el objeto de este relato. El caso es que tuvo que someterse a una operación que le obligaba a estar en el hospital unos días.

Entró con un talante esperanzado, no exento de la preocupación natural que todos tenemos al tener un problema similar, pero se trataba de alguien generalmente alegre y positivo, por lo que accedió resignadamente al ingreso correspondiente y necesario.

Mucho tiempo después (espero que las cosas ahora ya sean distintas), me encontré con él y le noté cambiado. Algo taciturno y menos dado a ligerezas verbales como me tenía acostumbrado. Le pregunté el motivo y, aficionado como era a escribir y habiendo hecho ya algunos pinitos en concursos literarios locales, desahogó su malestar que le venía persiguiendo y redactó unas páginas que me entregó, arrugadas, del bolsillo de su chaqueta y que les voy a trasladar a continuación.

1-El pijama

Se trata de una prenda azul. Consta de dos piezas. La de arriba no tiene solapas y se abrocha con grandes botones blancos. Es holgada y se retuerce y encoge en la cama a cada vuelta que das. La de abajo va arrastrándose por el suelo porque siempre es demasiado grande. Se cierra con dos botones muy separados que dejan ver la ropa interior invariablemente…si la hay.

Existe otro modelo que, por suerte, no me pusieron. Es una sola pieza, pero abierta por detrás. Se cierra con unas lazadas que te tiene que atar otra persona y siempre se abre cuando te paseas por el pasillo con el árbol del gotero en la mano. A nadie parece importarle que vayas dando el espectáculo porque todos están más preocupados por sus dolencias que por lo que ven.

Por los pasillos del hospital deambulan arriba y abajo personas sin cara. Solo se ven sus pijamas. Todos son iguales, todos los arrastran mal doblados por encima de unas pantuflas, sin calcetines. Por los escotes se adivinan palideces más o menos peludas y en los ojos se advierte una gran lejanía. Cuando se dan la vuelta puedes apreciar sus interioridades que celosamente habrían ocultado en un probador de unos grandes almacenes pero que ahora no parecen importarles.

El pijama del hospital es el primer contacto que se tiene con la realidad al ingresar. Tiene como función principal la de despojarte de tu personalidad. Te uniformiza con el resto de las personas, igual que en los internados, en los campamentos juveniles o las cárceles. Su obligación es la de que te sientas inferior, identificado con todos los demás enfermos, sea cual sea su enfermedad.

Tus circunstancias personales desaparecen. Ya no eres fulano o mengano. Ya no vistes un lucido traje de corbata o un gabán arrugado. Ya no eres rico ni pobre: eres un enfermo como cualquier otro enfermo.

Con él tienes vedado el acceso a la cafetería y a la calle. Sientes que cualquiera te puede ver por dentro y miras con cierta confabulación a los que se cruzan en el pasillo, aburridos, contigo. Si eres fumador, olvídalo. El vinito de media mañana, olvídalo. El programa de televisión que te gusta, olvídalo porque tu compañero prefiere un horrible concurso que odias. Olvida tu vida y tus costumbres porque acabas de ingresar en una lista de anónimos donde tú no cuentas.

Si tienes un pijama azul, las personas de blanco ya tienen derecho a mandarte: que te tomes una medicina, que te pongas el termómetro, que te acuestes. Si te sales de la norma pueden vocearte, contestarte a medias, ignorarte. Son otra clase. Se saben conocedoras de artimañas y métodos que tú no sabes. Saben cuándo tienes fiebre y tú no. Saben si tienes que despertarte aunque tú creas que debes dormir. Es con quienes tienes que hablar cuando te pasa algo, pero ellas no te pueden decir nada que se salga de la norma. Más allá solo te puede dar explicaciones el médico y eso no será hasta mañana, si hay suerte.

Una hermosa joven con la que podría haber pasado una velada estupenda y que podría haberme visto como un atractivo caballero con quien ligar en un bar, como va de blanco y yo de azul, me mira displicentemente por encima del hombro, no contesta cuando le pregunto y me ignora totalmente. Y somos los mismos, pero esta vez tenemos un traje diferente.

Me puse el pijama y dejé de ser yo mismo. Me dijeron lo que tenía que hacer y sentir. Cuando quise insinuar que sentía otras cosas, me dieron unas palmaditas de comprensión y con una sonrisa de superioridad me hicieron saber que estaba equivocado. Aprendí lo que debía sentir y me di cuenta de que, al parecer, sí debía estar equivocado, y de que, si no sentía lo que los demás, era raro.

2-LA HABITACIÓN

Consta de dos o tres camas. Tu vecino está hecho polvo. Te ve llegar y empieza a hablarte de lo que le pasa. No nota tu pánico cuando empieza a contarte con pelos y señales cómo ha sido su operación porque él no se marea y tú tienes que ser como él. No sabe que tú te mareas solo con ver poner una inyección, pero está encantado de tener un nuevo compañero al que contárselo.

Cuando el tema no da para más te involucra en una conversación de deportes porque no es de esperar que a ti no te gusten: llevas pijama y eres como todos. El último tema inmediatamente antes de dormirte es político. Y tienes que hablar sin ganas de lo mismo que se habla en las barras de los bares cada minuto, de lo de siempre, hasta quedar agotado.

Por fin se hace el silencio: su acompañante ha colocado dos butacas una enfrente de la otra, se ha cubierto con un abrigo y a escondidas se está comiendo un sándwich que traía de contrabando envuelto en papeles de periódico del pueblo. Tu compañero de celda se revuelve en su cama sin ningún pudor, tose, escupe y ronca toda la noche.

Son las dos de la mañana. No puedes dormir. La cama es extraña, el pijama se retuerce. Como tienes un brazo atado a las sondas que pasan por detrás de la almohada, casi no puedes moverte. Un simple picor en la espalda se convierte en una tortura imposible de describir. Una arruga en la sábana se clava como si fuera un cuchillo y la ropa se desplaza hacia abajo amenazando con caerse. Pero estás solo. Nunca has estado más solo. Agradecerías que estuviera contigo hasta ese vecino del piso de arriba, insoportable que hace ruido todas las noches. Tienes tus propios dolores. Ahí fuera se oyen quejidos de enfermos apenas contestados desde en cuarto del café que tiene el personal.

Tienes necesidad de ir al baño. En la penumbra distingues la sombra en las dos butacas y oyes roncar. Te gustaría ser muy sigiloso para que no te vean bajarte de la altísima cama, pero es inútil. El pantalón del pijama se desabrocha justo en el momento en que despiertas al acompañante, que se incorpora solícito por si necesitas ayuda.

Una vez en el baño, por fin solo, te pasas un buen rato intentando que ningún ruido delate, en el silencio inoportuno que se ha producido de repente, que se entere todo el hospital de la actividad que estás realizando. Y el ruido final de la cisterna resuena como el fragor de una catarata en medio del silencio.

La noche en un hospital se parece a una de esas noches en la sala de espera de una estación de ferrocarril, en la que unos y otros se acomodan como pueden sobre sus maletas, tapándose con lo que tienen a mano, comiendo a hurtadillas bollos envueltos en papeles metálicos y pequeñas botellas de agua que aparecen por todas partes.

Has conseguido dormirte alrededor de las cinco de la mañana. Agotado. Una hora. La puerta se abre violentamente, la luz se enciende, no sabes qué pasa hasta que unas alegres enfermeras llegan parloteando entre ellas y cuando vas a preguntar la hora te ponen un termómetro en la boca que volverán a quitar cuando hayan recorrido todas las habitaciones del pasillo. Y no te dirán qué temperatura tienes porque eso forma parte del misterioso dosier que más tarde traerá el médico.

3-AL QUIRÓFANO

Los minutos se hacen eternos. No hay postura posible. Las drogas hacen que la luz de la ventana, que la conversación del compañero, que todo parezca irreal. Cada ruido en el pasillo puede ser el momento definitivo. Pero no lo es una y otra vez. Las imágenes se amontonan dentro sin que sea posible echarlas. Por fin una figura de verde, unas manos firmes, ruidos metálicos y la cama vuela por los pasillos. Lámparas y más lámparas, techo empujando al techo incansablemente.

Vértigo en cada curva. Caras que cruzan rápidas y miran curiosas. Ascensores, ruidos, mareo, y, al fin, una lámpara de quirófano sobre ti.

Indefensión. El alma se contrae sobre sí misma queriendo desaparecer. No ves la habitación, no sabes cómo es ni cuántas personas hay. Oyes voces, no entiendes. Caras enmascaradas vienen y van. La sangre huye despavorida hacia el corazón que late salvajemente. "*Te dolerá un poco*". Un pinchazo en una mano y una cánula de plástico se retrepa por el interior de una vena TUYA sin pedirte permiso.

Sientes que te vas a otro sitio, que los sonidos se alejan. Es como la muerte, piensas. Y ya no piensas. Eres de ellos. Ya no eres tú. Te han quitado el tú del todo. Te lo habían quitado antes poco a poco, con el pijama, con la habitación, con las conversaciones. Te han quitado hasta tu miedo, ese que nadie conoce ni parece comprender porque no es como el suyo. Lo han conseguido. Les perteneces. Han ganado.

4-LA REANIMACIÓN

No hay nada peor. El mundo no lo comprenderá jamás. No sabrán que esas voces alegres, dicharacheras, desenfadadas, se te clavan en la mente como agujas encendidas.

No sabrán nunca cuánto daño hace la luz de esa ventana. No ves dónde estás. Notas el deambular de gentes y oyes algunos quejidos de otros como tú.

Una cara sonriente parlotea sinrazones con una insulsa buena intención que no concibes. Que se vayan, que no te animen, que te dejen dormir a ver si ese pánico desaparece con el tiempo. Palmaditas en la cara. Un despertar detrás de otro. Y que alguien te explique el tiempo que ha pasado, el tiempo que queda, cómo están las cosas y lo que va a suceder. Que alguien te sitúe en algún lugar de referencia para que tú puedas preparar tu mente dentro del tiempo que ha desaparecido.

Y es así como aprendes a apreciar tu casa, tu cama, los ruidos de tu vecino y hasta la misma sopa de sobre de siempre.

Y, a los dos días siguientes, ya libre, lo recuerdas todo como una pesadilla lejana. Te lo recuerdan los puntos cada vuelta de cama y te dicen de noche, muy bajito: "*Tienes que volver a que te los quiten*".

pero sus pies descalzos estaban preparados durante largos años de meditación y no sintió el dolor porque el dolor y la alegría son hermanos incompatibles.

Pasaron los meses. Descubrió las montañas, los desiertos ardientes, los valles profundos. Subió y bajó respirando uno a uno los aromas maravillosos que le hacían mantener siempre la sonrisa.

Pasaron los años. Y, un día vio a lo lejos algo que se movía y descubrió un animal. Le llamó y habló con él. Ese fue un día especial en el que se había producido algo inesperado. Conoció al zorro, al ratón, al águila, y cada uno de ellos le daba nuevos motivos para reír, para sentirse feliz. Se hizo amigo de todos ellos. Hablaba con todos y con todo sintiéndose unido a todos y a todo.

El mundo entero era su casa: una casa sin paredes en la que todo era posible. El suelo era su cama y los arbustos su ropa. El viento se paraba al llegar a él por la noche para que pudiera dormir sin frío. El zorro le indicaba los caminos menos peligrosos, el ratón le orientaba sobre las raíces más jugosas y el águila le contaba si se acercaban nubes de tormenta para que el roble pudiera protegerle. Pasaron los siglos y su barba se puso blanca, y su pelo se puso blanco, y su espalda se encorvó. El roble le prestó su brazo para que así pudiera seguir caminando y saludando cada mañana al sol en el horizonte. Él seguía sonriendo porque había conocido todo lo que existía, porque el mundo era feliz.

Una mañana se sintió cansado y volvió a su vieja casa que aún le esperaba. Por la chimenea salía un tenue humo blanco. No podía pensar que nada hiciera eso sino él mismo, así que apresuró sus cansadas piernas para descubrir ese nuevo misterio, empujó la puerta levemente, que le saludó con su viejo chirrido de siempre iluminando el interior. Todo estaba igual.

No: todo no. Allí, junto a la chimenea, alguien se volvió para mirarle. Sintió unos negros ojos, profundos, brillantes y misteriosos que hablaban un idioma que él no había hablado nunca. Una mano le ayudó a sentarse. Una voz nueva y dulce le habló. Unos labios cálidos le acariciaron la mejilla. Y, mientras él, perplejo, miraba sin comprender, ella sentada en el suelo, se quedaba dormida con la cabeza apoyada en sus rodillas.

EL MONJE

Salió un día de su casa después de haber permanecido encerrado en ella durante años. Durante ellos se había dedicado exclusivamente a la meditación y había sentido toda la belleza de la inspiración que el pensamiento era capaz de ofrecerle. En su corazón no cabía más que el amor, un gran AMOR por todas las cosas existentes. Un día se sintió preparado para dar el GRAN PASO, así que, después de preparar su bagaje de viajero concienzudamente durante varios días, abrió la puerta y salió al exterior.

El sol le hirió vivamente en los desacostumbrados ojos. Cuando pudo ver al fin, observó una avalancha de colores y sensaciones que venían de todas partes: el soplo del aire tibio que acariciaba su piel desnuda, el amplio espectro de verdes y amarillos propios de la primavera, los cantos de los pájaros... y se zambulló en medio de todo ello, sonriendo sin parar, abriendo los brazos queriendo acapararlo todo. Así caminó, corrió, descansó durante todo un día, un largo día.

Al llegar la noche, el cielo le ofreció las mejores de sus estrellas y le iluminó el camino una redonda luna de plata que parecía haber estado esperando toda una eternidad a que él apareciera. Sentado en una roca del camino, meditó la belleza de la vida y no se lamentó de haber estado tantos años preparándose para tan gran momento, para así poderlo disfrutar con tal intensidad, con cada detalle, con cada sonido y cada olor de la naturaleza. Durmió toda la noche, debajo de las estrellas, con la sonrisa que los sueños bonitos nos prestan, indefensa, ingenua y virgen como él.

Pasaron los días. Descubrió los ríos, los lagos y el mar. Cada uno de los descubrimientos era una invasión de sensaciones que iba atesorando en sus recuerdos. Descubrió las tormentas, el frío del invierno y la nieve,

Por la rendija de la puerta se asomaron el zorro, el ratón, el águila, el roble. Iban a pedirle que siguiera sonriéndoles como solo él sabía hacerlo. Pero no se atrevieron a hablarle porque en sus ojos brillaban dos lágrimas y en sus labios no estaba la sonrisa. Supieron el motivo. Supieron también que ellos ya no podían hacer nada por devolverle la felicidad. Cerraron la puerta con cuidado porque él estaba naciendo de nuevo: había aprendido a llorar: era, solamente, un hombre.

LA HISTORIA DEL FIN

Se movía como un barco sin timón ocupando toda la acera. Su inmensa tripa de casi nueve meses hacía difícil adelantarla. Y su bamboleo estaba acompañado de suspiros y quejidos acompañados de murmullos *"ay mi espalda* "o *"esta pierna me va a reventar"*. *"Si le pillo, le mato"*.

Poco después lloraba desconsoladamente Iván, embutido entre almohadas y pañales, mientras recordaba desde su subconsciente inconsciente lo bien que había estado últimamente, nadando en el oscuro líquido amniótico arrullado por murmullos dolientes.

Y en nada, cuatro capones de un maestro, alguna que otra paliza, unos cuantos suspensos y ya estaba transportando ladrillos escaleras arriba entre gritos de *"es pa'hoy"*, *"así no vamos a acabar nunca"*, *"si no fuera por tu madre..."*. Porque el trabajo se había conseguido gracias a alguna habilidad escondida de su madre, tal vez la misma por la que él estaba en este mundo.

De los sopapos de la madre, los capones del maestro y los pescozones del capataz, pasó a los insultos del jefe de cocina de un restaurante en el que convivían amigablemente las cucarachas con los aros de cebolla churruscados. (No se notaba la diferencia si no se veían las patitas).

Unos ahorrillos, un amigo en las mismas circunstancias y bastante valor le llevaron a abrir un chiringuito de playa el año más próspero para el turismo que se recordaba. Así que las monedas se convirtieron en billetes y estos en talonarios, mientras que las faltas de ortografía seguían invariables.

Hubo por medio algunas faldas ocasionales. Las justas para descubrir que siempre venían acompañadas de problemas y que lo más inteligente era el procedimiento moderno: usar y tirar. Así que aleccionó rigurosamente a su corazón para lo que pudiera venir.

Dos años más. Una pequeña fortuna en negro. La venta de su parte a su socio. Una mochila con doble fondo. Un mapa. Una brújula. Una carretera. Luego un camino. Luego el monte, luego el desierto, luego la nada. Unos pies hinchados en unas botas rotas. Unas rocas. Una cueva. Una hoguera. La noche. El sueño.

Esa noche decidió que lo más maravilloso del mundo era estar solo, no depender de nadie, vivir en plan bohemio, de aquí para allá, dejándose llevar por los impulsos de cada momento. Encendió un transistor pequeño, buscó una emisora y se durmió oyendo La Pavana de Fauré, que siempre le hacía suspirar.

SEGUNDO TROZO DE LA HISTORIA

Voy a contarlo diciendo que fue un sueño, porque si lo cuento como verdad no me van a creer y eso me fastidia, porque nunca miento.

Le despertó un unicornio (¡¡¡he dicho que nunca miento!!!). Al elfo no le dio tiempo a evitarlo, pero al unicornio le parecía muy atractivo el sabor de la manta con que Iván se cubría.
-Hola, me llamo Elfin y son un elfo.-
-Pues, -se desperezó después de haber dormido varios días- *yo no sé cómo me llamo pero me puedes llamar Iván. Y él, ¿cómo se llama?*
-Es un unicornio. Los unicornios no tienen nombre porque si les llamas no te hacen ni caso. Tienen muy subido su concepto desde que se han enterado que da buena suerte tocarles el cuerno. Bueno, no sé si es verdad pero a ellos les encanta.

-¿Puedo tocárselo?-
-No te merece la pena. No sirve para nada. Mírame a mí. Además, tú eres ya un tío con suerte.-

Se rió con una sonora carcajada que hizo retemblar la cueva.

-¿Suerte? ¿Qué suerte?-
-Te llamas Iván, ¿no? Pues eso.

No insistió. La hoguera estaba calentando unas setas azules y un líquido que podría ser café. Se sentaron y se lo comieron todo. Los dos.
Porque el unicornio pasaba de hierbas siempre que podía. Lo que más le gustaba eran unos buñuelos que la elfa hacía los viércoles.

-¿Los viércoles?-
-Sí, ¿qué pasa?-
-Pero será los miércoles... o los viernes... porque los viércoles no existen.-

-Tampoco existen los miércoles ni los viernes. ¿O es que llevas alguno encima? Son un invento. Y si son un invento, ¿Porqué no puedo yo inventar también?-
-¿Y los demás días?-
-Vaaaaale. Te diré. Son viércoles, viércoles, superviércoles y superviércoles.
-¡¡¡Una semana de cuatro días y se llaman igual!!!
-Sí. Los superviércoles son fin de semana y no se trabaja. Era muy largo esperar tanto a vuestro fin de semana así que lo acortamos. Y los años tienen tres meses, así el mes de vacaciones llega antes.

Iván estaba aturdido. Aquel individuo alto y casi transparente junto a aquel caballo con un cuerno y su rara historia eran demasiado.
Pero cuando levantó la vista y vio el paisaje tuvo un leve desvanecimiento.
Había llegado de noche. Ahora el paisaje desde la boca de la cueva era imponente. Desde la altura se veía un bosque interminable, pero ¡azul! Un inmenso bosque azul que se perdía donde se pierde la vista. Lo del unicornio se puede pasar, y lo del elfo. Pero un bosque azul era demasiado.

-¡Ahhh!-

El elfo y el unicornio le miraron asustados.

-¿Qué pasa?- dijo el elfo.
-Hiiii-dijo el unicornio.
-¡ES AZUL, TODO ES AZUL!-

El elfo se encogió de hombros, suspiró con resignación y comenzó a bajar la cuesta.
-Azul, si, azul. ¿Cómo quieres que sea?, Y el sol verde. !!¡¡No te fastidia!!

Iván levantó inconscientemente la vista y quedó aterrado:
¡¡¡EL SOL, EFECTIVAMENTE, ERA VERDE!!!

VAMOS A POR UNA PARTE TERCERA A VER QUE PASA

La ciudad de los elfos no era grande. Había una calle principal que iba haciendo eses de la que salían otras calles también haciendo eses. Y en cada recoveco de las eses había, ¿una casa? Pues no: no, porque las casas eran como casas sin casas. Me explico. Imaginad una casa, de planta baja, por supuesto, con todas sus habitaciones, sus enseres, sus sillas, mesas, camas, armarios, bombillas... etc. y quitad las paredes y el tejado. Lo que queda es una casa elfa. La primera casa era de un Elfo Mayor. Había un letrero flotando en el aire en la que debería ser la fachada. Ponía "Sumador".

-Ahí vive Sumador. Somos muy amigos.-
-Y porqué no le saludas. Nos ha mirado.-
-Eres tonto. No le puedo saludar porque está en su casa y para saludarle tendríamos que entrar. Y como está sumando no quiero entretenerle.
-¡¡¡Pero si nos ha visto!!!
-Es que no te enteras. Todos nos ven. Que quieres, ¿que vayamos diciendo "hola, hola, hola, adiós, adiós, adiós, hasta luego...todo el rato?" Pues entonces esto sería un guirigay de voces gritando "holas" continuamente. Iván hizo un gesto desesperado de resignación.
-¿Por qué se llama Sumador?-
-Porque suma. (Será corto el Iván este).-
-¿Qué suma?-
-La gente que entra. No sabes de nada. En el otro extremo de la calle vive Restador. Es el que resta la gente que sale. Al final del día se juntan en la casa de Igual y miran a ver si falta o sobra alguien. Hoy sobrará uno, digo yo.-
-¡Quien!-

Y Elfin, muy bajito murmuró al oído del Unicornio: "*yo le mato*".

Tomaron por una calle lateral. Todas las calles estaban llenas de grandes árboles azules de anchas copas en las que bullían montones de pájaros de todos los colores. La última "casa" era la de Elfín. Antes de entrar ya se veía a su mujer cocinando, tapada parcialmente por unas cortinas semitransparentes que colgaban en el aire. Se la notaba preocupada por la tardanza de Elfin. Iván se paró y se le quedó mirando. Pero Elfin le apremiaba para que entraran. Empezaba a llover ligeramente.

-Está preocupada.-
-Pero si ya nos ha visto.-
-No cuenta. Hasta que no entremos en casa no se le pasará la preocupación. Nadie mira lo que ve si lo que ve no se debe ver.

Elfina, su mujer, dejó inmediatamente lo que tenía en las manos al vernos entrar y se fundió en un abrazo larguísimo con Elfín.

-¿Llevabais mucho tiempo sin veros?- Pregunté al ver tanta efusividad.
-Qué va, si acabamos de vernos hace un rato.
-Es que parece que hubiera pasado mucho tiempo por el abrazo que os habéis dado.
-Es lo habitual. Los superviércoles son diferentes a los otros días. El tiempo se ralentiza. Como es fin de semana y por lo tanto es fiesta, cada hora dura como cuatro para que haya más tiempo para disfrutar.

Iván, que estaba todo el rato intentando recordar si se llamaba Iván, miró a su alrededor. Toda la decoración era rosa. El contraste con el exterior tan azul la hacía parecer luminosa. Podría distinguirse de cualquier otra cosa desde kilómetros y kilómetros. Notó que en la casa no llovía. Y, sin embargo, al mirar hacia fuera, veía claramente cómo las gotas de lluvia rebotaban sobre el suelo de la calle. Se encogió de hombros, resignado, dispuesto a aceptar lo que fuera a partir de ese momento.

Elfina había preparado una comida exquisita. Desde el salón se podía oler lo que se había cocinado. Bueno, se olía desde la calle, pero Elfín no dijo nada hasta entrar, como si no se hubiera dado cuenta antes, así que Iván decidió seguir como si le pasara lo mismo.

Era un guiso basado en setas, setas que se recogían casi a la puerta y que estaban inundando cada rincón del valle.

-*Hoy Elfina nos ha preparado un consomé de marisco que te vas a chupar los dedos*- dijo Elfín.

Iván miró a su alrededor y no vio en toda la casa ni un solo percebe, ni una langosta, ni nada: solo setas.

-*Pero, ¿No son setas?*-

Elfín y Elfina echaron una ruidosa carcajada al unísono, mientras el unicornio relinchaba con ese Hiii tan suyo.

-*Verás, te cuento*, - dijo riéndose-, *siempre son setas, es lo que más nos gusta siempre. Aquí no hay mar, como puedes ver, así que no puede haber marisco. Entonces, lo que hacemos, es decidir cada día a qué nos saben las setas. Y hoy nos saben a marisco. Por cierto, las cáscaras se tiran en el cubo de color magenta que ves ahí, no las dejes por el suelo.*

Difícil de creer: de pronto, un agradable olor a marisco invadió el ambiente e Iván decidió dejarse caer, derrotado, en un agradable sillón rosa que estaba detrás de él.

Se sentaron a la mesa... rosa. El unicornio se puso a comer en una esquina, en un recipiente suyo, de color...

-*A él le sabe a buñuelos. Le encanta*- dijo Elfín, -*y no se sienta con nosotros porque cuando lo intenta siempre acaba tirando la jarra de vino con el cuerno*

Comió con ganas. Nunca había probado unas setas de marisco. ¡El vino! Esa era otra cosa. Probablemente le ayudaría a comprender mejor las cosas. Su copa estaba vacía, así que le pidió a Elfín si podía llenársela.

-*La tienes llena, cuidado, se te va a derramar.*
Iván miró con asombro su copa. Supuso que había que seguir el juego, así que se la llevó a los labios fingiendo que bebía,

como hacen los niños cuando juegan a comiditas. Al inclinarla sobre la boca, sintió el aroma y el frescor de un vino maravilloso. Separó la copa para mirarla, pero, aparentemente, estaba vacía. La puso al trasluz, la levantó, la bajó, la volvió a oler. No era posible: la copa estaba vacía pero era como si estuviera bebiendo de verdad.

-Es de la cosecha del 38.
¿Sería 1938, 2038, 1038?- pensó.

-No, no, del 38. Del 0038. Todos tenemos 38 años. Todo empezó hace 38 años. Y dentro de cien años más, seguirá siendo el año 38. Así es más cómodo: no hay que andar contando historias de antes, de otros, de vivos, de muertos. Todos tenemos 38 años y siempre tenemos 38 años.

-Pero, entonces, ¿al año que viene?

-El año que viene es eso: el que viene. Aún no ha venido. No se sabe si vendrá, -contestó con una sonrisa misteriosa.

-Y, ¿Sumador?, parece un anciano.

-Es solo la pinta. También hay niños, pero tienen 38 años también. Así celebramos el cumpleaños todos a la vez y como todos tendrían que hacer regalos a todos, lo que anularía cualquier ecuación matemática, nadie regala nada a nadie y nos ahorramos la molestia y el andar pensando en qué hay que regalar. ¿No es ingenioso?

A Iván se le empezaba a subir el vino. No creía haber bebido mucho, pero estaba claro que ese vino supertransparente era de alta graduación. Pensó en disculparse y decir que iba a tomar el aire, pero a su alrededor, detrás de los muebles, por todas partes, la naturaleza azul y el sol verde le recordaron que la disculpa no iba a ser convincente.

CUARTA PARTE, YA QUE HEMOS LLEGADO HASTA AQUÍ...

Se despertó como si hubiera dormido una semana.

-*Vamos, dormilón, que es superviércoles y te conviene dar un paseo.*

-*¿Cuánto he dormido?*- preguntó mientras hacía esfuerzos por salir del fondo de un sofá esponjoso y profundo que parecía que le atrapaba.

-*Una semana.*

-*No puede ser. Ayer era...*

-*Viércoles,*-dijo el elfo con un encogimiento resignado de hombros.- *Veo que aún no te has acostumbrado.*

-*Desde luego, me siento así, como si hubiera dormido una semana.*

"Salieron" a dar un paseo.

-*Cuidado, casi sales por la pared del salón.* Elfín estaba divertidísimo con la torpeza de Iván.

Giraron por la calle de la izquierda. Era larga y a lo lejos se distinguía el final, donde empezaba un frondoso bosque azul. La primera casa de la derecha estaba habitada por unos gnomos que llevaban grandes sombreros de alas enormes. Era incluso difícil verlos y desde cierto ángulo parecía que los sombreros iban solos de acá para allá.

-*Estás siendo un poco indiscreto. No deberías mirarlos con ese descaro. Recuerda que están en su casa. Son unos hombrecillos muy graciosos. Poseen una vitalidad envidiable. Son los encargados de casi todo en el pueblo. No pueden parar. Siempre tienen que estar haciendo algo. Ahora, como es festivo y no se trabaja están en casa.*

-*¿Y toda esa actividad?*

-*Los festivos, como en casa no hay nada que hacer, cambian todos los muebles de sitio y los vuelven a colocar. Así todo el día, hasta que a la noche caen rendidos de sueño. Si no, no pueden dormir.*

Pasearon largo rato. Iván no dejaba de aprender las peculiaridades de ese pueblo tan curioso y lo escuchaba todo con gran atención. Antes de caer la tarde propuso volver a casa, porque aún había que hacer el camino de vuelta.
Al girarse se dio cuenta de que, a su izquierda, había otra casa con gnomos ajetreados.

-No. No es otra: es la de antes.
-Pero...
-Estamos en el mismo sitio. Como el pueblo es pequeño, antes, al salir a pasear se te acababa en seguida y te encontrabas de pronto en la linde. No daba lugar a grandes paseos, así que decidimos que se podría andar pero sin progresar.
-¿Cómo en una cinta de gimnasio?
- No sé qué es eso, pero seguramente esa es una buena explicación.

Sumador y Restador se juntaban todas las tardes en casa de Igual a última hora y sacaban sus anotaciones para contrastar los datos, que les confirmarían que en el pueblo había hoy las mismas personas que ayer.

Le tenían un gran afecto a Iván. Frecuentemente contaban cómo aquel día las cuentas no habían cuadrado, porque la población había aumentado en uno. Al cruzarse en la calle le saludaban con grandes aspavientos quitándose los sombreros. Y de vez en cuando les citaban en la escuela para que lo contaran de nuevo. Y los niños se quedaban embelesados oyéndolo una y otra vez.

En uno de los paseos interminables, Iván observó que ambos parecían cansados, como si tuvieran, de repente más de 38 años. Estuvo charlando un rato con ellos y le confesaron que echaban de menos aquél día en que él llegó.

Fue entonces cuando empezó a darse cuenta de que llevaba mucho tiempo abusando de la hospitalidad de Elfín y empezó a recordar brevemente, con algo de nostalgia, situaciones de otra vida que casi le parecía imposible.

Tardó aún unos días en comentárselo. Temía disgustarle, pero Elfín le dijo con una sonrisa de elfo (que son mejores que las nuestras) que lo sabía de antemano.

A la mañana siguiente le despertó un gran estruendo. De la calle venía una algarabía ruidosa, con música, globos, petardos, cohetes...

Elfina le sacudió para que se levantara. Desde donde debería haber una ventana observó que por la calle venía una comitiva muy larga, probablemente de todos los habitantes del pueblo. Había una gran variedad. Montados en varios unicornios estaban enanos de sombreros enormes, seguidos por bailarinas de cuerpos coloridos y una interminable cantidad de niños saltimbanquis y otros que tocaban instrumentos dorados de lo más variopinto.

Se pararon todos a la altura de la casa de Elfín y alguien colocó un atril y un micrófono con forma de seta. Apareció el Elfo Mayor con unos papeles y mirando hacia la casa comenzó a soltar un discurso.

-*Salga, hombre, salga*, -dijo Elfina.

Ya se había olvidado que había que salir, así que giró de entre los muebles, apartó una cortina que flotaba en el aire y "salió" al exterior.

Le recibió una ovación y aplausos que duraron por lo menos lo que parecieron dos minutos, aunque lo del tiempo mejor lo dejamos.

Era una despedida. Sabían que se iba a ir aún antes de que él lo pensara. A la cabeza estaban Sumador, Restador con una sonrisa de oreja a oreja. Siempre le estarían agradecidos por haber dado sentido a su vida y a su trabajo. No le olvidarían.
Hubo discursos, cohetes, fuegos artificiales, pero, sobre todo, lo que dominaba todos los sonidos era el inconfundible Hiii del unicornio que, esta vez, venía acompañado de una linda

unicornia y cuatro unicornitos. (Estas variaciones del nombre me las he tenido que inventar al no estar contempladas en ningún idioma conocido).

Echó a andar con su petate que Elfina había colmado de todo tipo de setas del sabor que se quisiera. Elfín le despidió con una lagrimita en un ojo agitando un helecho que acabada de cortar de la entrada.

Y ya está, ¿no? Se fue y ya está. Pues no. Esto no acaba aquí.

QUINTA Y ULTIMA PARTE, QUE ESTO NO DA MAS DE SI.

El sonido de la Pavana de Forét seguía sonando en el transistor. Apenas habían pasado unos segundos. Un gancho de la tienda le había dibujado un redondel precioso en ese sitio, el de sentarse. Se incorporó pesadamente, como si hubiera dormido una eternidad. Entreabrió la cremallera de la tienda para ver que estaba en el sitio que había dejado momentos antes para irse a...

¡¡¡Ahhh!!!- Dijo soltando un grito de confusión.

A su alrededor todo era normal. ¿Todo? No. Del interior de la tienda venía un olorcillo a tarta de manzana, la que su madre hacía siempre y que era la preferida. Volvió a entrar, abrió la mochila, de donde salía ese maravilloso olor y, en una bolsa rosa, perfectamente cerrada, encontró la razón de ese olor increíble. La bolsa estaba llena de setas.

EL XIPHO (Xiphophorus hellerii)

Llevan mucho tiempo nadando juntos. Apenas se dan cuenta de que al otro lado del cristal hay un gran mundo lleno de cosas atractivas.

Están centrados en su pequeño acuario, con sus plantas de plástico y sus burbujas misteriosas que parecen no acabarse nunca.

El se pasa el día, apenas hay luz, esa luz anaranjada que no es la del sol, persiguiendo a la Xipho. No tiene otra ilusión en su vida. No sabe porqué, pero su único afán es ir detrás de ella. En los últimos tiempos tampoco le atrae esa comida que aparece siempre a la misma hora por una esquina del acuario. Está delgado y por su cabeza empiezan a asomarse ideas locas, tal vez alucinaciones causadas por la falta de alimento.

Un día se sintió especialmente cansado y se marchó a recuperarse a un rincón del acuario. Esta vez, la Xipho tardó mucho más en ir en su busca. Se acercó para insinuarse y hacerle salir de su escondite de algas artificiales. A ella le gusta ese juego pero no se da cuenta de que es un juego mortal para él. Cada vez los tiempos son más y más largos. Cada vez es más solitario ese oscuro rincón de musgo. El Xipho, desesperado, piensa que es hora de saltar hacia otra dimensión, hacia ese infinito desconocido que está por encima de la superficie, donde, probablemente, sus posibilidades serán mucho mayores.

Siempre se había preguntado a dónde irían a parar las burbujas misteriosas que salían del suelo, subían veloces y desaparecían más arriba de la barrera del agua. Fuera donde fuese, razonó un día: *"lo que haya por encima tiene que ser inmensamente grande, ya que no parece nunca llenarse de burbujas"*.

Se imaginó un mundo sin paredes de cristal, infinito, en el que poder nadar infinitamente en cualquier dirección. Lo que no imaginó era qué tipo de preparación habría que tener para entrar en un mundo desconocido. ¿Quizás sería necesario tener las aletas más grandes para poder huir de posibles enemigos? O, tal vez, pensó en un momento de ingenio inigualable, *"lo necesario sería tener más aletas"*. En cualquier caso, después de varios días de indecisión, temeroso y asustado, haciendo acopio de todas sus fuerzas, echó una última mirada hacia el extremo donde estaba su distraída y antigua compañera y, desde el fondo, subió como una exhalación y rompió la delgada capa que separa el dentro del fuera.

Y, durante un segundo, comprendió cómo era el mundo exterior sin límites.

No volvió para contárselo a la Xipho, que, distraída, ya no se acuerda de él.

HISTORIA DE UNA VACA

1.- Un día cualquiera

Amanecía un día soleado de Mayo, el mes en que suceden todas las cosas mágicas.
El ruido del portón la pilló ya despierta y esperando el ansiado momento de ir, como todas las mañanas a la ladera de la colina, allí donde los pastos son más tiernos, al resguardo de los vientos del norte.

Y, como todas las mañanas en que no llovía, se fue con sus compañeras andando, lentamente, por el camino viejo de la colina seguida muy de cerca por Negra, por Manuela y por Cansada. Al acercarse al establo de sus vecinas intentó pararse a fisgar, como siempre. Era un olor distinto y siempre había querido mirar dentro para ver cómo era, y siempre un leve toque en los cuartos traseros acompañado del sonido: "Rubia", impedía que lo hiciera.

Rubia era una parda alpina pero ella no lo sabía, naturalmente. En su cerebro de vaca cabían las cosas normales que les caben a las vacas en el cerebro. Conocía los sitios a los que iban todos los días, tenía una vaga sensación sobre las estaciones y un repertorio bastante completo de olores y sabores cuando se trataba de hierba.

Pero en algo se diferenciaba de las otras. Ya se sabe que la caprichosa naturaleza, de vez en cuando, introduce un error en uno de los seres vivos de una especie porque a lo largo de los siglos ha aprendido que es muy útil. Ha aprendido que, cuando hay un cambio en el entorno que perjudica a la especie es bueno que algún elemento pueda acomodarse y así mantener la especie. Y a Rubia le había tocado tener algo más de coeficiente intelectual que a sus congéneres: era más hábil con el olfato y buscaba las hierbas tiernas siempre con más cuidado. Negra, por ejemplo, comía indiscriminadamente todo lo que tenía delante por lo que, a veces, habían tenido que pincharla al estar entelada.

Ella, sin embargo, escogía tallos tiernos mezclados con la hierba normal, aderezaba su especie de ensalada particular con mezclas de sabores que le amenizaban la digestión.

Camino de la colina se cruzaba a veces con un ruidoso animal que olía muy mal. Había que rodearlo mientras las voces del pastor las azuzaba para que se dieran prisa. Tampoco había podido verlo nunca con tranquilidad. Era gris, echaba humo y no tenía patas, sino unas ruedas llenas de barro. En su cerebro de vaca habían quedado sensaciones sueltas que no acababan de dar forma a aquel ser ruidoso. De esta manera, Rubia tenía a medias un montón de sensaciones que no podía cerrar del todo porque notaba que le faltaba algo por saber. Y esta inquietud, nada corriente en ningún animal, era lo que le daba esa distinción que decíamos de la naturaleza.

El mes anterior habían tenido que quedarse en el establo muchos días por culpa de la lluvia. Entonces comían una paja casi incomestible, a la que había que rumiar horas y horas, que solamente tenía un olor y que era muy difícil de digerir. Hoy, por fin, la hierba húmeda, cargada de olores infinitos les esperaba en la ladera sur de la colina, al abrigo de la brisa del norte.

2.-La colina

La áspera tripa de Cansada le sacó de su ensimismamiento y casi la echa del camino. Tropezaban al pasar por el estrecho sendero un segundo antes de dar vista a la pradera. Allí estaba, como una alfombra verde recién lavada por el rocío.

Al separar las puntas, en la base, las finas hierbas dejaban ver un tono mucho más claro. Entre medias, corros de trébol se escondían con su olor característico. La mezcla era satisfactoria: por una parte la rigidez de la hierba contrastaba con la suavidad del trébol, que añadía un leve dulzor al picante de la hierba. Rubia buscaba nuevas sensaciones, y la suerte le ponía de vez en cuando algún "*quitameriendas*", esas florecillas moradas, sin tallo, cuyas hojas salen directamente del suelo y que hay que morder desde abajo mismo si se quieren coger enteras. El sabor azul era el preferido. Azul mas verde pálido mas verde intenso era la mezcla más buscada por ella.

El amo se quedaba sesteando al pie de un árbol, tranquilo, conocedor de la inteligencia de las vacas, que nunca se van fuera de los sitios acostumbrados y que saben volver solas a casa si llegara a dormirse y cayera el sol. Acababan de llegar, solas, las rezagadas del establo contiguo y ya todas estaban rumiando plácidamente.

Era aproximadamente la mitad de la mañana, cuando las sombras se quedan cerca de uno, cuando a Rubia le llegó un tenue olor nuevo. Llegó montado en una ráfaga que zigzagueaba al ras del suelo. Era muy tenue, casi imperceptible, imposible de detectar por otras vacas. Pero la curiosa Rubia detectó el olor y comenzó a seguirlo, perdiéndolo y encontrándolo una y otra vez. Cada vez más intenso, el olor la fue alejando del pastizal, más allá de la zona prohibida, entre los brezos blancos y morados, donde las hierbas iban siendo sustituidas poco a poco por ortigas, cardos, zarzas y gran variedad de cosas absolutamente incomestibles. No apercibió que entraba en terreno desconocido ni de que el amo había quedado ya oculto por los altos brezos. No se dio cuenta de que la colina proyectaba su sombra sobre ella; solamente era consciente del embriagador olor que era cada vez más y más fuerte.

Hasta que localizó la fuente de su búsqueda. Se trataba de una pequeña planta, aparentemente común, pequeña, escondida en la base de un zarzal. Tenía un pequeño tallo tierno de unos veinte centímetros del que salían alternativamente unas hojas alargadas, dentadas y duras. Después de olerla unos instantes, extendió con dificultad la parte exterior del labio para abarcarla desde abajo mismo, igual que hacía con los "quitameriendas", con cuidado para no pincharse con la zarza que la cubría y abrazó delicadamente su tallo que arrancó con determinación. Fue un leve chasquido que ponía fin a la vida de una pequeña planta que no brotaba más que un día al año, siempre en primavera. Una vez en la boca, lo envolvió con su carnosa lengua y la apretó contra el paladar, exprimiendo en una sola dosis todo el olor concentrado que la planta hubiera exhalado a lo largo de toda la jornada. El sabor se volvió intenso, fuerte, embriagador.
La fue rumiando lentamente, con los ojos entornados, disfrutando cada instante, cada movimiento, mientras poco a poco iba destilando garganta abajo un elixir inigualable que nunca había probado. Cuando hubo terminado levantó la cabeza y miró al horizonte de siempre que

ahora empezaba a estar nítido. Y así se quedó, estática, absorta, contemplando sin saberlo la gran extensión de la meseta bajo sus patas. Inmóvil, con los pensamientos perdidos en una interminable avalancha de sensaciones que se sucedían imparables, como en un carrusel de colores por su cerebro.

El amanecer del día siguiente le sorprendió allí, en la misma postura, con las patas entumecidas por la inmovilidad de toda la noche.

No había vuelto al establo. No había dormido. En su retina habían ido quedando una a una las imágenes de la semioscuridad y claridad sucesivas. El calor del sol en su lomo la fue despertando. Volvió la cabeza dolorosamente y pensó que la habrían echado de menos, que la estarían buscando, así que comenzó a desentumecerse mientras caminaba de vuelta al pastizal.

Pero a los pocos pasos se detuvo en seco. Levantó la cabeza y se dio cuenta de que era consciente de su escapada, de que había pensado que la habrían echado de menos y pensó: "*he pensado*".

Mientras llegaba se fue dando cuenta de que algo había pasado. Las cosas que le rodeaban eran diferentes de ayer e iguales a la vez. Reconocía perfectamente la hierba y las sombras, pero esta vez se sentía capaz de pensar en ello, lo que las hacía enormemente diferentes.

Se detuvo de nuevo y miró a todas sus compañeras que pastaban tranquilamente, ajenas a sus pensamientos, hambrientas solamente. Se arrimó a Negra y lamió su panza que se le antojó monstruosa y áspera. Negra ni se inmutó: siguió pastando como si tal cosa. No volvió la cabeza para preguntarle dónde se había estado toda la noche: no lo sabía.

A veces, ustedes mismos, en sus prisas, metidos en las preocupaciones diarias, han pasado por una calle de su ciudad sin fijarse en un nuevo edificio que están construyendo. Luego, pasado el tiempo, vuelven a pasar un día por allí, pero esta vez relajados, mirando el entorno y descubren la casa como si hubiera aparecido de golpe.

Algo parecido es lo que le sucedía a Rubia. No podía decir que no se hubiera dado cuenta de cómo eran las cosas hasta ayer, no.

Efectivamente, allí estaba todo lo que había estado viendo año tras año. La vuelta a casa era la misma aunque el dolor cada vez más intenso de las ubres repletas casi no le dejaba pensar. Había intentado vérselas pero la gran tripa se lo había impedido. Únicamente había logrado atisbarlas con un ojo al tumbarse. Sin embargo, esta vez oyó venir el ruido de siempre en el camino y se quedó rezagada donde el pastor no la viera para poder contemplar por fin, tranquilamente, aquél monstruo. Y pudo ver perfectamente que era una máquina, no un animal, parecida a la que había visto muchas veces parada delante del establo o recorriendo los campos. Esta vez fue consciente de que pensaba, fue consciente de que el mundo no era como un papel plano en el que están dibujadas todas las cosas sino que tenía profundidad, volumen.

Se dio cuenta de que los acontecimientos arrastraban a situaciones, porque existía el antes y el después: se dio cuenta de que tenía memoria.

Fue entonces cuando tomó toda la conciencia que se puede de que era una vaca. Miró a Cansada y la vio como los humanos ven a las vacas. Se dio cuenta de la diferencia que había entre personas, vacas, pájaros y demás animales. Fue consciente de su sitio en el mundo y solamente el haber tenido cuatro patas y no dos evitó que se desplomara al sentir un vahído momentáneo.

Un rato después la máquina de ordeñar la sumía en un placentero sueño con su ronroneo, perdida en la satisfacción de quedar liberada de tan monstruoso volumen

2.-Un día distinto

Los días siguientes se sucedieron vertiginosamente. El efecto retardado de la planta iba apoderándose de Rubia poco a poco. Cada vez era más consciente de su entorno y de su relación con él. Se supo vaca plenamente y se sintió bien.

La mayor parte del tiempo en el establo, la pasaba pensando, repasando los acontecimientos del día, reflexionando sobre todo ello. Sus compañeras se tumbaban a su lado, sobre la paja llena de orines y excrementos pero ella aprendió a apartarlos con las patas y así se hizo su propio rincón seco y caliente.

Estuvo muy atenta a los sonidos que procedían de la vivienda, colindante y unida a la cuadra. Aprendió muchos sonidos humanos y llegaron poco a poco a resultarle comprensibles. Sabía del humor de los amos, de cuándo se iban a la cama, cuándo iban a salir con la camioneta... y muchos detalles más. Se dio cuenta de la superioridad que tenían sobre las vacas y que la vida de ellas estaba supeditada a los hombres. Al principio no le dio importancia porque su cerebro de vaca estaba grabado por cientos de generaciones que tenían asumida esta realidad, pero poco a poco empezó a pensar en lo injusto de la situación.

Supo porqué estaba allí y la importancia de dar leche para mantener la supervivencia. Se dio cuenta del destino de algunas compañeras que habían desaparecido misteriosamente un día cualquiera. Y ese día lloró.

Las vacas no lloran, ni se ríen. Llorar y reírse es una manifestación exterior de una sensación interior. Los humanos lo hacen a menudo y eso les relaja y les alivia. Pero las vacas no tienen necesidad de equilibrarse porque no se desequilibran. Y no se desequilibran porque no piensan. Y como no piensan no se crean conflictos. Pero Rubia sí. Y como no sabía llorar hizo lo único para lo que estaba preparada: mugió.

Con la cabeza apuntando hacia el techo, clavada sobre las patas, mugió y mugió y oyó su mugido encerrado entre cuatro paredes. Y cuanto más mugía mejor se encontraba y más ganas le daban de mugir. No se fijó en que las compañeras de cuadra se habían despertado y la miraban indiferentes. Y siguió mugiendo, cada vez más fuerte, mientras de los ojos le resbalaban dos gotas como de agua que caían al suelo.

Tampoco se dio cuenta de que se abría la puerta de la casa ni oyó, ahogada en mugidos lastimeros como estaba, la voz estruendosa del amo que gritaba algo con una vara en la mano. Se enteró cuando un agudo picor en el lomo, seguido de otro y de otro le hizo callarse y mirar a un hombre fuera de sí, en pijama, que golpeaba lleno de ira su enorme panza.

Cuando se cerró la puerta y todo volvió al silencio, Rubia se tumbó en su cama seca y se lamió el lomo como pudo. Las lágrimas son saladas, pensó. Y luego se quedó recordando la figura humana fuera de sí. Era algo que no había visto antes. Y sintió miedo y tristeza. Y se dio cuenta de que no estaba allí por ser querida, sino por dar leche y más tarde carne. Y vio al amo con otros ojos. Y vio al hombre con otros ojos. Y se quedó dormida justo al amanecer.

En el paseo de hoy a la pradera, Lola le arañó con un cuerno al pasar por la parte estrecha del puente. Se volvió molesta para apartarse y le dijo con el pensamiento: *"A ver si tienes más cuidado, vaca de mierda"*, que produjo simultáneamente un gemido gutural que no sonó a nada. Estaba de mal humor, había dormido poco y aún le escocían los palos que había recibido a media noche.

Entonces pensó en los cuernos. Se daba cuenta de que tenía cuernos porque alguna vez los había usado para empujar a alguna vaca molesta pero no se los podía ver. Así que dedicó un rato largo en el depósito a mirarse. Tuvo que subir las patas al borde el tiempo justo antes de recibir otro palo. Tuvo que esperar a que sus compañeras dejaran de beber y el agua se quedase tranquila. Hubiera estado mirándose horas y horas. La postura era difícil y sacó conclusiones nada favorables sobre su belleza. Se prometió buscar el momento y volver, más despacio, a verse tranquilamente. Lo necesitaba. Quería saber si era igual que las demás o no.

Pasaron muchos días. Cada vez sabía más cosas y quería saber más aún. Decidió no hacer nada diferente, pasar desapercibida una temporada, hacer lo que hacen las vacas.
Su cuerpo de vaca le impedía averiguar cosas, acceder a sitios, comunicarse con las personas. Por otra parte, las personas en las que se iba fijando no le gustaban demasiado. Le gustaban las personas pequeñas, que, al igual que los terneros, eran ingenuas y graciosas. Los adultos la azotaban y la encerraban toda la noche. Por una rendija de la puerta de establo podía ver las estrellas y la luna, pero echaba de menos la visión global de aquella noche de éxtasis.

En su mente fue ideando un plan. Se había dado cuenta que aquella noche no le habían echado de menos. El amo suponía que todas habían vuelto por su cuenta y se habían metido solas en el establo. Como eran diez, no se le ocurrió que pudiera faltar alguna. No se le ocurrió porque sabía que las vacas no piensan, no son independientes y repiten una y otra vez la rutina diaria. Y ella, desde luego, no iba a dar lugar a que se pensara otra cosa.

El recorrido diario era su única fuente de información. Escuchaba atentamente las conversaciones de la gente con la que se cruzaban y, más de una vez, recibió algún que otro palo al quedarse rezagada para escuchar. Ya sabía para qué eran los tractores y su diferencia con las cosechadoras, con los coches y con las demás máquinas. Ya sabía que no eran seres vivos y no dejó de admirar a los hombres por su inteligencia. Pero tanta complejidad y tanta sabiduría chocaba con la ignorancia y la brutalidad de los que tenía cerca. Así que supuso que, en alguna parte, había otras personas con mejores modales, con otras intenciones y con otras formas de proceder.

En el verano aparecieron personas nuevas. Parecía ser que, cuando el tiempo era cálido, gentes de otros sitios venían a pasar unos días al pueblo. Eran veraneantes, oyó decir. Vestían de forma mucho más colorida y diferente y hablaban de forma distinta: se les entendía mejor aunque sus conversaciones resultaban algo nuevo y desconocido. Hablaban de cosas que no se veían por el pueblo, así que prestó la mayor atención posible en cada oportunidad que se le brindaba.

Aprendió lo que era una ciudad. Supo que existían casas mucho más altas que las que conocía. La niña que jugaba delante del establo le había dicho a otra que su casa estaba en un sexto piso. Y supo que había comercios, tranvías y hasta que por fin se enteró de lo que eran esos ruidosos puntitos brillantes que dejaban una línea blanca en el cielo. Y de nuevo supo que había hombres muy listos en alguna parte. Pero, ¿cómo conectar con ellos?

Día tras día su conocimiento fue en aumento. Y lo que iba aprendiendo no le gustaba. Estaba claro que el mundo no era de las vacas. Se las toleraba porque eran útiles para el hombre. Pero su final nunca era bueno ni natural. Y eso le horrorizó.

Durante meses se sintió deprimida, encerrada en una situación de la que no sabía cómo salir. Empezó a comer menos y cada vez daba menos leche. Y se dio cuenta de lo que eso podía suponer para ella: su fin. Y cuando más preocupada estaba surgió la solución como caída del cielo.

Un día como todos, vio cómo unos vaqueros a caballo marchaban al monte, a una zona agreste y alejada en donde no había hombres ni pueblos. Al caer la tarde les vio regresar trayendo entre gritos a varias vacas diferentes, con las ubres pequeñas. También había algún toro y algún becerro. Tenían un aspecto soberbio: musculosas, con las formas bien definidas, sin esa panza antiestética y esas ubres incómodas. Se cruzaron con ellas. Y esa noche oyó a los vaqueros comentar las incidencias de la jornada. Así se enteró de que había una raza de vacas diferentes a ella que se dejaban sueltas en las montañas y que se recogían periódicamente para sacrificarlas. Vivían libres pero no sabían que su destino era el mismo que el de todas las demás.

Ese fue el principio de sus pensamientos. Día a día fue enterándose de todo lo necesario y una noche de agosto, a las tres de la mañana, se levantó de su lecho de paja ante la mirada indolente de las demás y, con sumo cuidado levantó con uno de sus antes inútiles cuernos el postigo del portón y salió a la calle. Sigilosamente ascendió por la calle con cuidado de no pisar sobre piedra ni despertar a los perros y fue dejando atrás la última luz de la calle del pueblo. Al poco tiempo encontró la senda que llevaba hacia el cortafuegos y continuó andando hasta la madrugada, cada vez más adentro del monte.

Esa fue la última vez que se le vio. Cuando el dueño se dio cuenta de su desaparición la buscó por donde solían pastar pero jamás pensó que habría huido al bosque impenetrable. La dio por perdida.

Ella, por su parte, conocedora de la misión periódica de los vaqueros, utilizó su nueva inteligencia de forma que jamás dieron con ella.

Y esa fue la historia que me contaron.

LA BREVE HISTORIA DE ADALBERTO ESPINEMA

CAPITULO UNO: Érase una vez

PROLOGO

Adalberto Espinema tenía novia. La conoció mientras rezaba en el último banco de la última ermita del último pueblo del mapa.

En la penumbra moteada de esporas que cruzaban el hilo de sol de la vidriera rota, mezclada con el incienso rancio del sacristán rancio, se cruzó violentamente el pañuelo rojo que envolvía la púdica cabecita de Hermosendra.

Durante una fracción del destiempo interior que habita siempre en el románico, la ermita enrojeció por completo, devolviendo en todas direcciones miles de destellos trepadores que subieron bañando, columnas, frisos, arcos damasquinados, lamiendo y pintando irreverentes la negrura de capiteles y basamentos con rosas y rojos chillones en medio de un silencioso estruendo sacrílego.

Adalberto Espinema enmudeció al instante. A su silencio exterior le siguió un silencio interior y a éste un escalofrío sobrenatural. Sintió que nadaba ingrávido en medio de un vacío cálido con olor a rosas.

Algo parecido a una desintegración molecular que comenzaba en la médula espinal de Espinema y se iba esparciendo por las extremidades hasta la punta de los dedos, hasta la punta de los pelos de punta que le fue sobrepasando en forma de halo luminoso.

De reojo, Hermosendra apreció la mutación etérea y quedó prisionera del hálito como si un brazo de luz la rodeara el talle y la invadiera por completo. Las moléculas de ella fueron bañadas por las de él e iniciaron interiormente miles de pequeños bailes frenéticos de éxtasis amoroso.

Simultáneamente, ambos se incorporaron de sus reclinatorios, atados los hilos de las miradas con hilos irrompibles, lentamente, girando las cabezas al unísono y durante largo tiempo se miraron, allí, de pié, inmóviles, absortos, fundidos.

El rayo de sol de la vidriera rota acarició de perfil el perfil de Hermosendra que se tornó transparente y diáfano como el agua de una cascada cuando cae entre los helechos salvajes de la montaña. Adalberto vio en esa aparición el alma de ella radiante y pura y sintió cómo se deslizaba hacia ella, a través de los obstáculos y ella hacia él a través de los obstáculos, atravesándolos como si estuvieran hechos de pensamientos.
Así, poco a poco, fueron acercándose mientras levantaban las manos. Sus dedos se tocaron y se ataron con el rayo de luz y toda la ermita estalló en un silencioso estruendo de colores.

Cuentan que hasta más de una semana después de este hecho, las pocas personas que visitaron el sagrado recinto observaron una extraña claridad en el aire que hacía que, incluso de noche, se pudiera andar por todos los rincones sin tropezarse, ya que las paredes emanaban luz anaranjada de sus piedras. El hecho fue interpretado como un milagro, pensándose que tenía relación con la advocación del lugar, dedicado a la Virgen de la Luz.

Flotando, las manos agarradas, Adalberto Espinema y Hermosendra salieron al exterior donde permanecieron extasiados mirándose varias horas, hasta que el sacristán, alarmado por lo que creyó un incendio de la sacristía producido por alguna vela olvidada les interrumpió. Ante la rotura hereje de sus palabras, los pies de los amantes se posaron levemente en el suelo y se miraron azorados.

Reconocido por ambos lo mágico de su encuentro, decidieron unirse en matrimonio al día siguiente en la misma ermita y así continúan al día de hoy.

CAPITULO DOS

Adalberto Espinema tiene esposa. Su vida discurre plácidamente en una cabaña de los alrededores. Ha abandonado su antigua vida. Antes vivía en una gran ciudad, tenía un gran empleo y un gran coche. Iba a un gran edificio de oficinas y en una gran sala de reuniones echaba grandes discursos a sus numerosos empleados. Fumaba grandes puros y asistía a multitudinarios banquetes con grandes personajes de la vida política. En un armario enorme tenía gran cantidad de trajes que sus muchos sirvientes le mantenían impecables.

No volvió. Cuando el subdirector consiguió que el subsecretario le localizara por medio del subdelegado que envió a un subordinado tras su pista, le encontró en una habitación pequeña, sentado en una pequeña silla delante de la pequeña chimenea. A su lado Hermosendra remendaba una prenda de ropa con sus delicadas manos mientras él leía un libro y sonreía.

El subordinado tardó mucho tiempo en conseguir que le hicieran caso. Le invitaron a un vaso de vino y a un trozo de queso que rechazó por prescripción facultativa y tuvo que marcharse sin haber conseguido nada coherente de Adalberto.

Cuando, días después, volvió con su jefe, con el jefe de su jefe, con el jefe del jefe de su jefe, con..., obtuvieron sin ninguna resistencia una serie de firmas que Adalberto echaba mecánicamente mientras miraba a su esposa y sonreía y mientras su esposa le sonreía a él.

Se fueron y nunca más volvieron porque el camino de acceso era intransitable para sus grandes coches, ni llamaron porque allí no había teléfono.

Ambos daban grandes paseos en silencio, cogidos de la mano, cultivaban un pequeño cuadradito de tierra y cuidaban de los animales. Por la noche dormían abrazados durante horas y se levantaban sonriéndose uno al otro.

EPILOGO
Han pasado varios años. En la chimenea no hay fuego, en la cama no hay abrazos. No hay sonrisas. Ella atiende el huerto. Ella cuida los animales. Ella atiende la casa. Ella está triste.

¡HA LLEGADO INTERNET!

LA MEMORIA

1.- El presente y su importancia

ATAREADA está haciendo esta mañana lo que hace todas las mañanas: se ha levantado media hora antes que su marido IMPORTANTE y una hora antes que sus hijos PRESUMIDA y GAMBERRO.

Va a la cocina y recoge los cacharros de la cena anterior procurando no hacer demasiado ruido. Va preparando el desayuno en la misma mesa de la cocina para los tres, consistente en los correspondientes tazones de leche tibia acompañados de algún tipo de bollería momificada del supermercado cargada de conservantes y de grasas saturadas.

Era hija de un taxista y de una mujer sencilla de campo que había venido a la ciudad como el miembro más avanzado de una familia de campesinos de siempre. Sus estudios eran solamente los que de forma elemental le habían dado en el pueblo hasta los siete años, edad en que tuvo que empezar a compartirlos con las labores del campo. Ahora había cambiado sus tareas en la recogida del maíz por las propias de un ama de casa y sentía que había ascendido en el escalafón social.

Allí había agua corriente, luz a cualquier hora y comercios en los que poder comprar cualquier cosa sin tener que esperar la llegada semanal de la furgoneta. Ya no pasaba frío en invierno porque IMPORTANTE pertenecía a una clase social de un poder adquisitivo medio-alto y su casa estaba dotada de todas las comodidades que una clase media podía permitirse. Ya no era indispensable estar pendiente del sol ni de la leña apilada en las cuadras. No había que ponerse zuecos para evitar las calles embarradas ni existía el riesgo de tener un apretón de tripas en medio de una tormenta, lo que supondría tener que salir al patio interior de la casa debajo de la lluvia, cruzar el corral y entrar en la letrina de madera que consistía en un agujero practicado sobre unas tablas que a su vez conectaba con un pozo negro del que siempre salía un tufo pestilente a metano.

Mientras IMPORTANTE se va levantando y se asea en el cuarto de baño, ella se lava apenas las manos en el fregadero para no ocupar el sitio de su esposo y se recoge el pelo con un pañuelo que ya no se quitará a lo largo de toda su ajetreada mañana de ama de casa.

IMPORTANTE se rasca ruidosamente por debajo de su ropa interior al tiempo que examina cuidadosamente en el espejo cualquier indicio de cambio que pudiera apreciar de su imagen del día anterior.

Revisa sus ojeras, sus encías, se elimina un pelo de la nariz y se lava ruidosamente cara y manos. Él sí está acostumbrado a esta vida. Siempre vivió en la ciudad, hijo de personas pudientes, ya que su padre regentó una ferretería que, con los años, había traspasado por una buena suma a alguien que la convirtió en una cafetería de moda. Había sido educado en colegios religiosos, de pago, como corresponde a las familias de buena cuna.

En su árbol genealógico se decía que había existido un conde unas cuantas ramas más atrás, cuando eso aún era IMPORTANTE y tenía una asignación económica del Estado. Su madre procedía de familias más humildes, extremo que se camuflaba frecuentemente en las alusiones, evitando dar a entender que sus raíces eran las de los vasallos de los condes.

Él tenía un puesto en una fábrica de maquinaria para hostelería. Era el responsable de la coordinación entre dos cadenas de montaje y su principal preocupación consistía en evitar lo que llamaban "el deslizamiento". Esto era: que la producción de carcasas llevara un ritmo similar al de los motores para que el ensamblaje de las unidades no creara excedentes de ninguna de las dos líneas.

Le satisfacía su posición, ya que con quienes tenía que tratar eran todos mecánicos que estaban en la cadena de montaje mientras que él tenía una mesa de despacho al fondo del taller. Bien es cierto que no estaba separado por mamparas del resto de los empleados, pero esperaba pronto merecerse un ascenso, lo que le proporcionaría su propio despacho interior e independiente de los demás.

Aseado y pulcro enciende las luces de las habitaciones de sus hijos y les avisa que les quedan diez minutos para desayunar mientras de la cocina llega el caliente olor del café recién hecho.

PRESUMIDA es la primera en levantarse. Sabe que el cuarto de baño es de todos aunque querría tener uno para sí y sabe que su hermano va a reclamarlo en breve, así que se apresura a pasar en él los preciados minutos que le corresponden, con la puerta bien cerrada.

Emplea casi todo el tiempo en admirarse en el espejo encontrándose más atractiva cada día que le acerca a la adolescencia y explora con avidez cada poro de sus mejillas temiendo ver aparecer cualquier imperfección.
No es buena estudiante y tiene claro que no va a salir con Músculos, que se lo propone casi todas las semanas. Tiene echado el ojo a Embriagador, pero, como suele pasar siempre, éste no se ha fijado en ella. Ha empleado todos los trucos que conoce, pero parece ser que él tiene los ojos puestos en Bella, como casi todos los de la clase. Pero sabe que su tiempo llegará.
Es constante y los años le van dando a conocer poco a poco los trucos y las artimañas femeninas que la larga historia de la humanidad ha ido perfeccionando con el tiempo. Desde su encierro frente al espejo oye cómo una y otra vez su madre llama a GAMBERRO y le amenaza con echarle agua a la cara si no se levanta de una vez. El tiempo se acaba. Unos golpes en la puerta le dicen que GAMBERRO se ha levantado. Inevitablemente sabe que su hermano le va a hacer algo al cruzarse en la puerta. Inevitablemente protesta e inevitablemente sucede.

ATAREADA poniendo orden. E inevitablemente también se acaba oyendo la voz de IMPORTANTE desde la cocina amenazando con cualquier castigo que le viene a la cabeza y que no tiene la menor intención de hacer cumplir.

GAMBERRO, estos días, solo tiene una cosa en qué pensar: en la bici. Se la regalaron estas navidades recientes después de varios años de pedirla. Con ella se abrió un mundo de posibilidades. Pudo integrarse en la pandilla del barrio y los horizontes del mundo se ampliaron cien veces en cada dirección de los vientos. A su alcance muchas más calles, muchas más gentes. A su alcance el viento en la cara, las bravuconadas de sus compañeros, las chicas de otros barrios y los comercios del otro lado de la ciudad a donde sus padres no deben saber nunca que ha llegado.

Los minutos avanzan. Los abrigos y las chaquetas salen de sus armarios. Unos besos apresurados: -*Portaos bien*- y la casa queda toda ella en silencio, esperando con los brazos abiertos a que ATAREADA, empezando por un extremo, no deje una brizna de polvo, una leve mancha de humedad, una huella en una ventana. Al final de la mañana la casa estará lista para ser revisada por los ojos más exigentes y ella se dejará caer agotada en una silla de la cocina con la satisfacción de quien ha hecho lo más IMPORTANTE del mundo.

En su mismo bloque de viviendas hay una multitud de familias similares. Con más o menos hijos, los acontecimientos triviales que hemos relatado se repetían de forma idéntica en todas las casas y de los portales empezaban a salir oleadas de jóvenes con sus mochilas, sus petates, sus carritos, creando un panorama multicolor camino de las escuelas. Las calles se empezaban a llenar de ruidosos coches y los atascos comenzaban ya desde primera hora de la mañana. Apenas amanecido, la ciudad se despertaba y se recolocaba en una nueva situación que iba a durar ocho horas más.

Las fábricas comenzaban su producción diaria, los recaderos pululaban por las calles, las furgonetas de reparto, los autobuses cargados de miradas dormidas. Nuevamente el bullicio y los atascos a mediodía. Las familias volvían a encontrarse en las mesas de formica de las cocinas, repasaban brevemente los acontecimientos intrascendentales de la mañana y retornaban a sus lugares de la mañana. Por las calles se añadían las figuras envejecidas de los abuelos dando paseos a sus nietos en los cochecitos y la noche los recogía todos nuevamente, en el silencio de la oscuridad hasta una mañana nueva pero idéntica a la anterior.

Y, repitiendo una y otra vez los mismos movimientos, se iban amontonando los meses y los años sin que pareciera que nada cambiaba entre una fecha y otra.

2.- ¿A qué venía yo aquí?

Los domingos, ATAREADA e IMPORTANTE salían a dar un paseo. Siempre iban por las mismas calles. Bajaban a la plazoleta y cogían la calle principal que lleva al centro. Allí cruzaban al paseo y seguían por debajo de los castaños hasta la plaza del Gran Salvador, que tenía una estatua ecuestre de bronce encima de un pedestal de granito de una sola pieza. En la base se leía una placa verdosa por el orín de la intemperie: "*1815, al Gran Salvador, que dio su vida por la libertad, el pueblo agradecido que no te olvida*"

Pero algo estaba cambiando. Al principio no se notó demasiado.

ATAREADA salió a la compra, como todos los días. Y, como todos los días cruzó unas cuantas frases con la panadera. Esta vez se trataba de la inminente boda de la princesa regente, que ya no era demasiado joven y necesitaba acallar las voces que cada vez temían más tener una futura reina solterona.
Tuvo que esperar a que le despacharan porque el anciano que tenía delante no conseguía recordar el encargo que le había hecho su nuera. No sabía si tenía que llevar una o dos barras de pan bregado o si eran de pan integral. Al final optó por llevar una de cada mientras salía meditabundo, musitando algo sobre su mala cabeza. Cuando salió de la panadería, una abuela que estaba paseando a sus dos nietos pequeños le preguntó una dirección. Tenía que volver a casa pero había olvidado dónde era. ATAREADA se lo explicó y se

alejó pensando la responsabilidad de unos padres que dejaban a sus hijos en manos de abuelos con problemas mentales. Pensando en ello tuvo que darse la vuelta, ya en el portal, al darse cuenta de que se había saltado la frutería sin comprar el par de kilos de manzanas que necesitaba.

GAMBERRO no prestaba demasiada atención al profesor de historia. Estaba enfrascado en tirarle bolitas de papel a RUBITA. Era capaz de poner cara de bueno cuando ésta miraba para atrás disimulando de tal modo que ella acababa no sabiendo quien era el culpable.
-*GAMBERRO, ¿podría usted decirme de qué rey estaba hablando?*- Estaba claro que para el profesor de historia no servían los disimulos.
-*¿De Napoleón?*
- Risas generales. -*Mañana me traerá usted escrito un resumen del capítulo de hoy.* Tuvo que preguntar a SOCIO cual era el capítulo en cuestión. Se mordió un labio con rabia, pensando que las correrías en bici de esa tarde habrían de ser forzosamente más cortas.

IMPORTANTE llegó a casa preocupado. Esa mañana en la fábrica, un obrero había olvidado varios remaches de una de las carcasas de frigoríficos y el control de calidad lo había rechazado. Nunca había pasado, porque cada obrero hacía una labor específica y rutinaria, de forma que sus manos iban de un sitio a otro automáticamente, sin pensar. De hecho, un obrero veterano pasaba las mañanas con la mente en otro sitio, ya que su cuerpo estaba acostumbrado de tal modo a la rutina que su cerebro quedaba prácticamente libre para ir de aquí para allá sin que eso menoscabara sus cualidades de montador. Así que este olvido había supuesto un reajuste de la cadena y eso no era bueno para él. Tuvo que llamar al obrero en cuestión y comunicarle que sería sancionado en su paga semanal.

Procuró hacerlo con autoridad. Sabía que eso era bien visto por sus superiores y que el fallo podría volverse a su favor. Cuando esa tarde GAMBERRO recorría las calles con sus tres compañeros de aventuras, bajando y subiendo por las aceras con sus bicis y asustando a las chicas, lo que menos recordaba era su lección de historia. Cuando llegó a casa tampoco lo recordó y el sueño acabó con cualquier posibilidad. Sin embargo, en la clase del día siguiente, cuando SOCIO le preguntó si había hecho el castigo, tuvo que hacer un gran esfuerzo para recordar la situación del día anterior. El alma se le heló. Durante toda la clase estuvo agazapado detrás de Gordo, procurando que el profesor no le viera. Y la clase terminó. Y nadie le pidió el castigo. El profesor se había olvidado.

3.- Un cambio de vida

Dos años y medio después las cosas no han cambiado demasiado.

PRESUMIDA ha conseguido salir con EMBRIAGADOR y se deleita observando en el espejo cómo cada día su pecho va tomando forma. GAMBERRO ha cambiado la bici por un ciclomotor y ya no sale más que con SOCIO, porque GORDO y SOSO han cambiado de barrio. ATAREADA hace lo mismo de siempre e IMPORTANTE tiene su propio despacho. Ha tenido que despedir a varios obreros y su fama de inflexible y duro le ha proporcionado una buena imagen ante la Dirección y su ascenso correspondiente.–*ATAREADA, ¿En qué año vinimos a esta casa?*–. –*Pues creo que el mes que viene hace siete años, ¿no? –Imposible. Yo llevo uno en mi nuevo puesto y cinco en el anterior. –Pues si GAMBERRO acababa de empezar en el colegio, no puede ser*–

Conversaciones similares a esta eran cada vez más frecuentes. ATAREADA no recordaba con demasiada claridad su vida en el pueblo. Tenía la sensación de que era algo extraordinariamente lejano. Diría que era como si hubiera visto una película y que las imágenes correspondían a otra persona. No conservaba ningún recuerdo sobre su infancia que fuera más allá de alguna anécdota sobresaliente, como el día que se cayó al río y su padre la sacó por los pelos a punto de ahogarse. Incluso esto no le producía ninguna emoción. Lo había contado tantas veces que ya no sabía si los detalles se habían ido añadiendo con el tiempo y eran ciertos o si había sido realmente así.
En algunos momentos eso le hacía sentir culpable, como si diera la espalda a sus verdaderas raíces, pero esos momentos cada vez eran menos y se iba acostumbrando a pensar que la vida había sido así siempre. Esa sensación era un bálsamo. Le gustaba la vida así,

como siempre, sin cambios. Se sentía segura en su monotonía y esperaba que las cosas no cambiasen nunca.

A IMPORTANTE le pasaba lo mismo. Apenas recordaba su pasado. Incluso la situación laboral de hacía tan solo un año quedaba muy atrás. Le parecía que siempre había sido gerente y que llevaba años en ese despacho con cristaleras.

Ese domingo, cuando el matrimonio salió a dar su paseo de costumbre y llegaron a la Plaza del Gran Salvador, observaron que, al pie de la estatua había un pequeño grupo conversando animadamente y con cierta vehemencia. Disimuladamente se fueron acercando para escuchar el motivo de la discusión. Eran diez o doce personas, de pie, que hablaban entre sí o en pequeños grupillos. Unos decían que la estatua no tenía sentido y que debería retirarse mientras otros defendían la situación actual.

–Porque, a ver, dime, Ramón, en realidad ¿qué hizo el Gran Salvador para merecer estar ahí?–
–¡Qué cosas tienes, Ricardo!, pues, el Gran Salvador... hum, el Gran Salvador... como todo el mundo sabe... hum, fue...–
–¿Ves, ni tú te acuerdas? Así que lo que yo digo: no tiene ningún sentido que este mamotreto esté ocupando el centro del paseo y nos obligue a rodearlo cada vez que llegamos.

Las restantes conversaciones iban más o menos por el mismo camino. Ya casi nadie recordaba quién era el Gran Salvador. Pero, al tiempo, en los nuevos planes de estudios que se estaban preparando para el curso escolar siguiente, se había abierto un fuerte debate sobre la conveniencia o no de mantener la asignatura de historia como fundamental. Entre otras razones, los profesores de historia de todo el país eran solo cuatro. Había habido jubilaciones, en la universidad nadie se había matriculado en esa asignatura y los dos últimos cursos solo tenían tres alumnos. Otros profesores habían sido expulsados por no asistir a las clases y dos más se habían suicidado en circunstancias extrañas.

En la misa del Domingo, ATAREADA, que era la única que prestaba atención, quiso apreciar que la ceremonia había sido más corta que de costumbre. En realidad no recordaba que se hubiera leído el evangelio del día. Pensó - *"Tengo que estar más atenta"* -

4.- Hasta que pasó lo que tenía que pasar.

Durante el año siguiente los acontecimientos se precipitaron. Se creó una cátedra denominada *"Tiempos Remotos"*. Consistía en que diversos eruditos de diferentes países recopilarían toda la historia pasada, creándose una biblioteca con el mismo nombre en la que estarían todas las obras que relataban los acontecimientos pasados.

Fue muy debatida su creación, ya que un gran sector de la población mundial opinaba que era una futilidad guardar el recuerdo de las vidas pasadas y de los acontecimientos históricos.

No servía para nada saber de la existencia de un tal Napoleón ni de un tal Lincoln ni de un supuesto Jesús. La realidad cotidiana podía prescindir de todas esas historias sin que afectara a la vida real, sin que perjudicara al crecimiento de la tecnología. Una minoría había conseguido vencer esa resistencia, pero la vida de Tiempos Remotos no tendría garantizada su supervivencia. En realidad se le asignaron presupuestos mínimos y al final del año solamente doce ancianos regentaban la institución a espaldas de la vida de los ciudadanos.
Se eliminaron las asignaturas de Historia y de Religión de todas las escuelas y universidades y años más tarde nadie recordaba qué había pasado cien años atrás.

No todas las personas evolucionaron a la misma velocidad. Algunos conservaban la memoria de tiempos remotos mejor que otros. Entre ellos había científicos que se dieron cuenta de que la humanidad había entrado en una etapa de evolución biológica y que se trataba de una mutación producida por algún agente externo no definido.

Estudiaron la evolución del fenómeno y se dieron cuenta de que había empezado con más virulencia por las poblaciones de mayor renta, extendiéndose posteriormente a los Estados pobres. Y llegaron a la conclusión de que la pérdida de memoria colectiva obedecía a la ingestión de algún tipo de alimento.

Diez años más. IMPORTANTE se ha jubilado y pasa las horas cultivando un pequeño jardín de la casita que han comprado a las afueras. ATAREADA sigue con sus quehaceres caseros y se siente feliz por su monotonía. PRESUMIDA se ha casado con ESTUPENDO y GAMBERRO pilota coches de carrera mientras sigue soltero. Todos son felices. Nadie recuerda nada de cien años atrás. Han desaparecido las estatuas. Ya no se recitan los sabios refranes de los abuelos. No hay religión.

Sin embargo, el mundo funciona notablemente bien. Cuando alguien decide algo, los demás se limitan a calcular el efecto inmediato, los resultados prácticos.
Nadie obliga a nadie a creer en nada. Solo se funciona "sobre la marcha", sin prejuicios. No asesinan porque sea pecado, sino porque no es práctico. No roban porque entonces todos robarían y sería una lata. No mienten porque no se acuerda nadie de lo que hizo antes. Cuando las personas se relacionan lo hacen simplemente, mientras les apetece. Por otro lado, las conversaciones son siempre las mismas porque no recuerdan haber tenido esa conversación antes. Los chistes siempre son nuevos y cada día alguien presenta a una persona nueva a la que ya había presentado anteriormente. Al fin y al cabo, de qué sirve lo que hayan dicho otros mucho tiempo atrás. El mundo se reinventa cada día, cada vez que nace alguien nace un mundo nuevo.

¿Es culpable la historia de lo que pasa hoy?
¿Había mundo antes de nacer?
¿Habrá mundo después de morir?
Ya nadie volvió a hacerse esas preguntas tan inútiles.

LA BREVE HISTORIA DE ELIMIO

CAPITULO 1: EN EL BAR

Cuando aquella tarde se sentó en la misma mesa del mismo bar de todos los días, Elimio no esperaba otra cosa que la de todos los días. Con su libreta pequeña, doblada por la pequeñez del bolsillo y el lapicero romo (Los bolígrafos le habían dejado huellas imperdonables ya en varias prendas), se dispuso a escribir de nuevo, siempre con la esperanza de que no tendría que romper lo escrito horas después, a la tenue luz de su mesilla de noche.

Nunca se había explicado, cómo, lo que le parecía valioso, e incluso ocurrente a una hora, en un sitio concreto, se le antojaba ridículo, tal vez barroco y recargado horas después, cuando cambiaba el paisaje. Día tras día, la basura iba siendo testigo de su frustración.
Pero Elimio no se resignaba. De momento, se decía a sí mismo, le servía como desahogo provisional aunque de ello no quedara nunca testimonio para la posteridad.

Esa tarde, como otras, con la mirada perdida en el exterior, comenzó de nuevo, por enésima vez, el prólogo de su inempezada novela. Pero qué decir, de quién hablar. Solo encontrar los nombres de sus personajes le había llevado a veces semanas, para cambiarlos una y otra vez de nuevo. A veces se le antojaban vulgares cuando horas antes parecían sonoros y ocurrentes. Esa tarde, como otras, con la mirada perdida en el exterior, comenzó de nuevo, por enésima vez, el prólogo de su inempezada novela.

Pero qué decir, de quién hablar. Solo encontrar los nombres de sus personajes le había llevado a veces semanas, para cambiarlos una y otra vez de nuevo. A veces se le antojaban vulgares cuando horas antes parecían sonoros y ocurrentes... Buscaba en los nombres un significado trascendental y otras veces se decantaba por una fonética agradable. La calle no le decía nada. No le parecía posible encontrar un argumento en el trivial espectáculo que le mostraba el ventanal del bar.

El camarero trajo silenciosamente la misma consumición de siempre, sin preguntar. Silencioso llegó y silencioso se fue después de limpiar la mesa con la bayeta de siempre que dejaba un desagradable olor a húmedo durante los diez minutos siguientes. Y, si llegaba y marchaba silencioso, era, simplemente, porque era mudo.

Elimio pensó una vez que las personas normales podrían ser una fuente de inspiración con sus conversaciones banales y su filosofía elemental de la vida. Pensó que un camarero podría ser un espécimen apropiado para obtener la sabiduría casera que le sirviera como soporte de su novela. Pero Elimio nunca había tenido suerte.

La ventana seguía ahí, silenciosa de nuevo, permanentemente. Afuera, abrigados, los paseantes iban dejando un rastro de vapor que partía de sus narices o a través de sus bufandas apretadas. Iban y venían con prisa. Algunos eran los mismos de ayer, a la misma hora. No se sabe a dónde van ni de dónde vienen, pero repiten incansablemente el ciclo diario y metódico, al igual que Elimio.

Escribir sobre tan grises personajes no era precisamente una inspiración trascendental. Hoy, Elimio había pensado en hacer trampa. Durante mucho tiempo eludió la lectura de novelas y libros en general. Temía que el estilo y las ideas de otros, ya consagrados, contaminaran su espíritu libre y le apartaran de su espontánea capacidad de crear. Si los leía, nunca podría saber si lo escrito por él era auténticamente suyo o era producto de la influencia de otras mentes. De hecho, sentía haber leído durante la infancia, cuando en el colegio le habían obligado. Temía que, a estas alturas, las viejas influencias de los antiguos textos ya le hubieran conformado un pensar no suyo.
Y trataba desesperadamente de apartarlas de su cabeza.

Los coches se paraban metódicamente en la encrucijada; pasaban los del lado contrario y luego los del otro, ordenadamente, en ciclos regulares. Nadie se saltaba las normas y nunca pasaba nada. Nada anormal, nada extraño, nada que despertara en él una reacción, una idea nueva.

La trampa consistiría en leer. Cedería a la tentación de ser influido por otras mentes más ocurrentes que la suya. Y, apoyado en sus historias, crearía un plagio con otras palabras, y, para que se notara aún menos, saltaría de novela en novela utilizando argumentos mezclados.
Por ejemplo, los nombres de sus personajes serían una hábil combinación de varias de ellas. Por otro lado, cuantos menos signos de puntuación, mejor. Nunca se había aclarado con el punto y coma. Los diálogos llevaban delante un estúpido rabillo que no sabría colocar adecuadamente. Sin embargo el punto y seguido, el punto y aparte, los dos puntos y los puntos suspensivos sí sabría

colocarlos. Así que quedaba decidido: solo con puntos se podía hacer todo. Y empezó su enésima novela con un punto.

Eso sería todo lo que iba a salir esa mañana del lapicero romo: un punto. Nada más, ni una inspiración, ni una frase, ni una palabra. Cuando se acercaba al bar se le habían agolpado montones de ideas, como siempre, en la calle, cuando no podía escribir. Luego, invariablemente, al sentarse y ante la cara impasible del camarero mudo, se quedaba "*in albis*", con el lápiz en la mano, dándole vueltas. ¿Cómo era: las llanas terminadas en...? De lo que siempre se acordaba era que las esdrújulas se acentuaban siempre. Bueno, pues sin acentos. En las redacciones de las editoriales se preocupaban de esas pequeñeces según había oído.

CAPITULO 2: EN LA BIBLIOTECA

Tuvo que rellenar unos impresos. Eso sí era fácil: nombre, apellidos, edad... La dirección era algo más complicada porque su ático estaba en una calle sin nombre, en el barrio periférico sin nombre, sin asfaltar... donde el barro estaba presente la mayor parte del año. Sus titubeos eran seguidos por el rabillo del ojo por aquel bibliotecario con cara de pocos amigos. Le ponía nervioso. Al final, una supervisión detallada, un carnet y una firma.

Algo sintió al entrar en aquella sala: un santuario. Le recordó las cientos de horas pasadas en la capilla del colegio, con olor a incienso, con su sepulcral silencio y sus extraños ecos. Le asustó el ruido de sus zapatos sobre el suelo encerado y brillante.
Pero nadie levantó la cabeza. Nadie le vio entrar. Nadie reparó en su desaliñada figura ni en su brillante pelo atusado con gomina. Así que se sintió mejor. Las paredes estaban literalmente forradas de libros de todos los colores y tamaños. Más y más estanterías provocaban rincones secretos, escondites recónditos de meditación.
Se sintió abrumado por los miles de millones de palabras que se le echaban encima desde todas partes. Y un gran abatimiento le invadió.
Él quería escribir un libro, TENÍA que escribir un libro como fuese. Pero nunca pensó que hubiera tantos libros. Imaginó el suyo entre ellos, perdido, aplastado, sin destacar en absoluto. ¿Quién iba a escogerlo y por qué? Cuando alguien se levantaba decidido y extraía uno y no otro, ¿Por qué lo hacía? ¿Qué le había impulsado a elegir aquel y no otro? ¿Por qué extraños mecanismos una mente sabía que deseaba la lectura de uno concreto?

Demasiadas dudas, demasiadas preguntas sin contestación. Le hubiera preguntado a alguien de los que estaban leyendo pero pensó que le iban a tomar por un bromista. Seguro que la contestación no le iba a aclarar nada.

Reparó en unos rótulos que estaban en lo alto de cada estantería y descubrió que cada uno de aquellos conjuntos verticales estaban constituidos de temas diferentes: AGRICULTURA, ECONOMIA, INFORMATICA, CIENCIAS, INGENIERIA, CONSTRUCCION... era inacabable. ¡NOVELA!...ahí estaba. Una flecha le llevó a un pasillo alargado lleno de estanterías perpendiculares que generaban otros tantos escondrijos, donde, de vez en cuando, se veía a alguien ojeando uno de los tomos. Diferentes letreros más pequeños aclaraban algo aquella inmensidad: CIENCIA-FICCION, CONTEMPORANEA, NARRATIVA, DRAMA, TRAJEDIA, POESIA...

Empezó a sentirse mareado. Sería imposible leerse todo aquello. Sería inútil competir con todos ellos. Pero algo positivo nació en su mente: *"Sería dificilísimo que descubrieran la trampa".* No iba a coincidir que alguien asociara diferentes novelas escogidas al azar por él y que hubieran, a su vez, sido escogidas por otro.

Además, las posibilidades de elegir eran infinitas. Luego, encargaría un tomo de un color que destacara de todos ellos. Y, aunque lo que tenía delante era muy dispar y había de todo, pensó de momento en un lomo a rayas amarillas y rojas, con un formato alargado que obligara al bibliotecario a dejarlo sobresalir de los demás (porque un formato triangular sería demasiado atrevido y las imprentas tendrían problemas).

Otra cosa sería el título, para los que buscaran en un listado. Tendría que empezar por A para estar el primero. Luego la gente se cansa y la vista, a partir de la C, empieza a resbalar indolente, el cerebro se aburre y acaba adormecido sin darse cuenta de lo que lee. Pero puede que exista un libro que se titule algo así como "AARÓN Y SU TIEMPO" y quedaría antes que cualquiera incluso que se titulara "ABRUMADO POR LA LENTITUD DE LOS OCÉANOS".

Podría titularlo simplemente A, pero, aparte de original, podría confundirse con el primer tomo de un diccionario. Entonces tuvo otra inspiración más: como a estas alturas todo está informatizado, el ordenador colocará primero el primer carácter de la tabla internacional de caracteres. Así que el primer libro que Elimio cogió en su primera visita a una biblioteca se titulaba: "Programación fácil para principiantes".

Pasó las siguientes tres horas pasando atrás y adelante las páginas. Aquel indescriptible lenguaje parecía haber sido escrito por extraterrestres o por locos.

Nada tenía sentido. Listados y más listados con extraños signos de puntuación mal colocados. Perdió todo el miedo a la sintaxis, a la gramática y a la ortografía. Estaba claro que valía todo. Un corchete doble era seguido por una letra sin sentido y se cerraba con una llave de las que se usan para abrir, no para cerrar. Las comas se juntaban, los puntos y aparte no apartaban nada y los acentos no existían ni siquiera en las esdrújulas.

Todo había cambiado desde que Elimio había salido del colegio. Las normas rígidas de sus profesores se habían venido abajo de forma exagerada y grotesca. Había poesías (estaba el texto escrito en vertical), que no rimaban en absoluto, había mayúsculas en medio de las palabras y comienzos de párrafo que empezaban por minúscula...., una auténtica locura, una aberración. ¿Qué le había pasado al mundo durante los últimos años?

Elimio no se rindió y siguió buscando el primer carácter de la tabla. Lo encontró. Su tesón era ejemplar. Pero el primer carácter de la tabla era un símbolo rarísimo, y el siguiente, y el otro, hasta el onceavo, que era el símbolo del macho y el siguiente el de la hembra. Luego venían notas musicales y cosas irreconocibles. Por fin el 33 era el signo de admiración. Sintió un respiro, como el que encuentra a un amigo después de haberse perdido entre la multitud en un país extranjero y sin dinero.

El problema se mantenía: podría haber un montón de libros que empezaran por un signo de admiración. Y empezar con dos... tampoco. Así que pensó que el último libro de la lista también se encontraría mejor que los demás y eligió su primer carácter y su símbolo personal a la vez: tendría que convencer a los editores que OBLIGATORIAMENTE, el primer carácter de su libro tenía que ser UN ESPACIO EN BLANCO.

Enormemente satisfecho por su ingenio devolvió el libro a su lugar y salió de nuevo a la calle bajo la atenta y perspicaz mirada del bibliotecario.

Respiró profundamente el aire frío, miró a través del humo de las chimeneas al cielo y pensó: "*Acabo de empezar mi libro*".
Lo que apareció en la basura de casa de Elimio a la mañana siguiente decía así:

CAPITULO TRES: CAPITULO PRIMERO

"*Alonso Quijano se levantó aquella mañana con el alba. Habíale parecido oír la voz de su buen amigo Sancho que le había despertado de un maravilloso sueño en el que el libraba a su amada Aldonza de las garras de unos poderosos gigantes que blandían largos brazos en el aire mientras en el castillo, fantasmas se camuflaban como si se tratasen de odres de vino traídos de una isla llamada Barataria....,*"

Elimio dormía plácidamente, arrullado por el rumor de la calle. Aquí el alba hacía tiempo que se había levantado y con ella las gentes, los coches, los ruidos. El frío de la ventana abierta no era un impedimento.

Se había acostado casi de madrugada, después de haber leído más de la mitad de un libro escogido por consejo de un librero, al que le pidió "*cualquier libro que fuera bueno*". El librero había soltado una estruendosa carcajada que a Elimio le había ruborizado. Por suerte no había nadie en aquel momento en la librería pero tuvo que disimular su turbación al insistir al librero. No quería elegir él. Quería que el azar le proporcionara su primera posibilidad de plagio y decidió que aquél librero de tez roja y redonda era un estupendo azar.

Presionado éste, no tuvo más remedio que disparar una veintena de títulos. Elimio se quedó extasiado, sin saber por dónde empezar, así que el librero se volvió a una de las estanterías y extrajo un grueso volumen que depósito en el mostrador mientras le miraba entre socarronamente e intrigado por la reacción.

Miró la portada, hábilmente decorada con gruesas letras antiguas, en relieve. Pesaba mucho. Se leía: "El Ingenioso Hidalgo Don Quijote de la Mancha".

Cuando se despertó apenas podía despegar los párpados. La habitación, borrosa, fue colocando paulatinamente cada cosa en su sitio. Todo estaba como siempre, excepto el suelo. Aparecía salpicado de numerosas bolas de papel esparcidas aquí y allá, como una viruela literaria. Y recordó poco a poco la larga noche de lectura sobre aquel extraño personaje que había conseguido abrirse camino entre la mediocridad humana solamente porque había creado una realidad fantástica que no se correspondía con lo que los demás veían.

Había trasgredido la débil membrana de la apariencia y se había atrevido a considerar las cosas únicamente desde su punto de vista, ignorando las costumbres y modos habituales. Y ese valor le había dotado de una vida propia, independiente, irrepetible. Bien que no era comprendido, que nadie participaba de otra visión de la realidad, pero a Elimio le pasmaba la fuerza con que D. Alonso había permitido, favorecido y animado al Quijote a hacerse presente, ignorándolo todo menos a sí mismo.

Le parecía un ejemplo de autoestima, sin complejos ni limitaciones que hacía parecer ridículas las apreciaciones simples de los demás mortales. Podía ser cierto que hubiese otras realidades alrededor y que solamente era necesario respetarlas, estar atento a ellas, dejar que se presentaran tal como se manifestaban, sin límites, sin complejos, sin normas. Comprendió de pronto que, por eso, otros autores habían introducido mayúsculas en medio de las palabras y que acumulaban signos de puntuación de forma arbitraria, tal como se lo dictaba su otra forma de ver la realidad.

Y, sin saberlo, Elimio se incorporó esa mañana en su cama como un hombre nuevo, surrealista o tal vez más realista que nunca. Se sintió libre y le pareció notar, por un instante, que un infinito espacio, como un paisaje infinito, se expandía en su interior sobrepasando su propia envoltura finita.

No le importó que el suelo estuviera sembrado de vanos intentos. Su novela, aún sin letras, constituida solamente por el último carácter de la tabla de caracteres, se había comenzado a escribir en algún sitio. Y solo tenía que escuchar atentamente y copiar lo que estaba ocurriendo en ese nuevo paisaje que apreciaba.

Desgraciadamente, el peso del cuerpo, la existencia de un estómago vacío, el frío en la piel y varias cosas más, son para el ser humano razones de la más profunda filosofía. Son argumentos sin contestación posible que dan al traste con los pensamientos más sublimes y profundos. Sentía que debería poder flotar sobre la cama y desplazarse hasta el armario para coger el desayuno, pero, sorprendentemente, la presión de la planta de sus pies sobre la tarima fría le gritó el desconsuelo de la injusta realidad de hoy, como la de ayer, como la de todos los días. Tiritando desayunó con la mente puesta en un jamelgo flaco y en unos incomprensibles molinos, asaltado por corchetes y esdrújulas sin acento, con la vista perdida más allá de las galletas, en el borde de la mesa, aposento ahora de los más variados paisajes de inspiración interior.

CAPITULO CUATRO

Han pasado varios meses. A fuerza de pasar por la biblioteca buscando inspiración acabó entablando cierta amistad con el bibliotecario, que no tardó en darse cuenta de la situación en que se encontraba. Y un buen día le propuso si quería regentar la portería de su edificio, que estaba vacante.

A veces la suerte sonríe a los necesitados y Elimio comenzó una nueva vida, desconocida para él, en la que siempre había un plato de comida caliente. Su trabajo no tenía nada de intelectual. La función de portero de un edificio es tan sencilla como todo el mundo sabe. Y además le proporcionaba la ocasión de conversar con personas que le resultaban interesantes.

Al cabo de un tiempo encontró entre sus pocas pertenencias las hojas arrugadas de aquel principio de novela de la que había llegado a olvidarse. Al releerlas se sintió algo turbado, comprendiendo que sus pretensiones de escritor no se correspondían con sus conocimientos. Y eso le hizo tomar una importante decisión que cambiaría su vida: comenzó a estudiar.

Asesorado por su amigo el librero, con el que cruzaba algún que otro rato de conversación al volver éste a casa, comenzó a dedicar las largas e interminables horas de portero a estudiar lo que le iba aconsejando.

Al cabo de unos años y con unos conocimientos suficientes, se decidió a volver a leer aquel libro que intentó plagiar una vez dada su atrevida ignorancia.

Quedó tan sorprendido que comprendió que él nunca sería capaz de emular a tan gran escritor y que nunca podría escribir algo que a la gente le emocionara de la misma manera. Y decidió que nunca sería escritor.

Y pasaron varios años más. La vida era buena, monótona pero buena. Leyó muchas novelas en su dilatado tiempo de portero. Hasta que un día cayó en sus manos un libro grueso, con tapas oscuras y comenzó su lectura. Tardó mucho en terminarlo. Muchas veces tuvo que releer un capítulo entero intentando deducir algo comprensible en su contenido. Pero al fin lo acabó.

Cuando lo terminó una sonrisa iluminó su cara, se recostó sobre el respaldo de su asiento y dijo en voz alta: *"Si esto lo ha escrito alguien famoso yo lo puedo hacer mejor"*.

Y decidió volver a escribir al darse cuenta de que se podía hacer de cualquier manera, aunque la sintaxis fuera distinta, aunque no se entendiera nada.

Colocó unas cuartillas sobre la mesa. Puso el bolígrafo al lado. Levantó la vista a la escalera detrás del cristal de su puesto de trabajo y comenzó a escribir.

A su lado, como si fuera un símbolo, se podía ver el tomo de tapas oscuras en cuyo título se podía leer:

ULISES

Y debajo del todo el nombre del autor:

JAMES JOYCE.

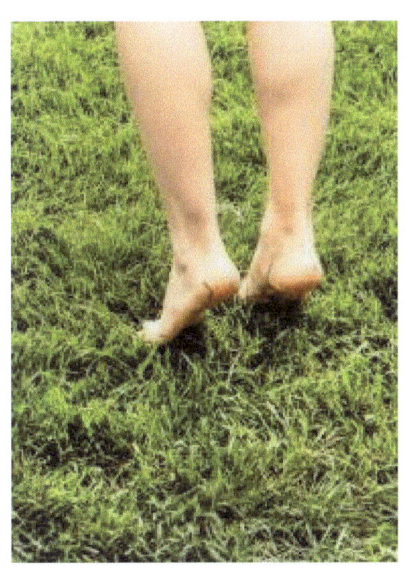

La última pregunta

0.-He conocido

a alguien peculiar. Le he visto nacer y desaparecer. Nadie más le ha visto. Voy a comentaros cómo fue. Aunque le hubierais conocido no sabríais que hablo de él porque lo que podríais haber visto no se parece en nada a lo que he conocido yo.

Intentaré contar toda su trayectoria desde el momento en que vino a este mundo y cómo fue uno de nosotros, pero que fue evolucionando de una forma diferente.

Ahora que ha desaparecido puedo contaros su auténtica identidad. Antes no me lo hubiera permitido. Esta es su historia desde el principio, desde que nació, desde mucho antes de que nos encontráramos.

1.-Nació

cuando una luminosa tarde de verano que no comprende la debilidad de unos ojos incipientes, arrasó entre llantos el nuevo amanecer de quien no iba a ser más que otro ser más, otro ser que no iba a cambiar el mundo, que no iba a conseguir, por muchos años que viviera, que se impusieran sus criterios sobre los abruptos pensamientos de los hombres. La naturaleza ajena e inmisericorde le trajo de la mano del azar mientras los astros seguían impertérritos sus movimientos inexplicables.

Nació sin memoria, como todos, pero de sus vidas anteriores había hálitos y sensaciones que habían quedado fuera de su tiempo: Venía de donde todo está bien.

Había ido sintiendo la luz deslumbradora de nuestro mundo y no había tenido ocasión de acostumbrarse. Las heridas del sol y de los ruidos le fueron alejando poco a poco de ese dormitar rumoroso y sin tiempo que está detrás y está delante de todos nosotros. Empezó conociendo el miedo y el dolor que nos acompañan siempre desde entonces.

No recordaba con claridad nada anterior pero sí sabía que había estado en un sitio donde se estaba bien. Y ahora el frío y el calor, los ruidos y las sombras no le permitían refugiarse en sus pensamientos anteriores.

Tropezaba con sus manos y sus pies como elementos extraños. Y, poco a poco, día a día, fue olvidando todo lo anterior y fue viéndose sometido a las penosas leyes de la gravedad. Y, desde el mismo instante de nacer, comenzó, lentamente, a hacerse viejo, a morir de nuevo. Hubo un instante en que pensó en no seguir. Quería desandar el camino otra vez hacia la luz y su nuevo cuerpo se enfrió peligrosamente y, hubiera vuelto de no ser por el calor que recibió de otras manos ajenas entonces, pero que conocería más adelante y que ya retuvo definitivamente. Le pareció que podría merecer la pena arriesgarse y ver cómo era el nuevo mundo que le esperaba.

2.- Se encontró

con un cuerpo extraño, fabricado como un animal más pero aún no sabe muy bien qué significa esto. Lo irá aprendiendo poco a poco. Sintió la luz como un chasquido doloroso y cómo le separaban de su madre un rato interminable envolviéndole en telas. Y, a partir de ese día le han puesto ropas con las que le han amordazado, ocultando su verdadera naturaleza.

Más tarde iría descubriendo sus instintos: esos de los que no tiene la culpa de tener, que no ha pedido ni sabía que eran imprescindibles para mantener la vida: esa manía que tiene la naturaleza de pervivir a pesar de todo.

Iría descubriendo unas ganas incontenibles de chuparlo todo, un impulso irrefrenable de llorar cuando hay demasiada luz, cuando no nota una piel caliente a su lado, cuando tiene frío, cuando tiene hambre, cuando le sobresalta el insoportable timbre de la puerta. Y habría ido acumulando sensaciones y reacciones que se iban escribiendo en sus páginas blancas cerebrales y que habrían de quedar ahí hasta su muerte. Y muchas de estas sensaciones serían las responsables de sus comportamientos futuros.

Aprenderá durante unos años las costumbres, los ritos, las nociones de lo que es bueno o malo. Y en unos años más se dará cuenta de que las grandes verdades estaban siendo utilizadas por unos pocos para controlar a los demás, y que lo que en un sitio era aplaudido como bueno, en otro era castigado duramente.

Se utilizará su espíritu virgen con el miedo a seres misteriosos, etéreos e inaccesibles a los que deberá obediencia ciega y fe inquebrantable aunque le ordenen actos incomprensibles que chocan con sus instintos no pedidos. Le harán creer que todo lo han manifestado estos seres desde *"el más allá"*, cuando en realidad sus doctrinas habrían sido redactadas cuidadosamente por animales como él. En este choque, podría entrar en una contradicción que enfermaría su mente y tendría que utilizar sucedáneos y distracciones, terapias y represiones, para sobrevivir con un mínimo control del raciocinio.

De este modo, comenzó una etapa en la que tuvo que analizar, desmenuzar, destruir y construir todo de nuevo para poder entender la verdad de su propia existencia sin ninguna intervención ajena.

En su interior siguió teniendo que aplacar las necesidades que la naturaleza animal le pedía y las fue sustituyendo por otras de índole más elevado. Lo mismo tuvo que hacer, borrando las páginas que habían escrito en su mente aprovechando su indefensión, y volver a escribirlas lentamente, trazo a trazo, pero siendo solamente suyas.

3.-Tiene uso de razón

pero, por algún motivo que aún no sabe, descubre que a sus instintos animales se añade una peculiaridad ajena al resto de los animales: tiene la capacidad de recordar a largo plazo y prever a largo plazo. Tiene memoria. Con ello, puede comparar situaciones separadas en el tiempo y sacar conclusiones de ello.

Vive en una sociedad de cáscaras con las que se relaciona convenientemente, cada vez lo menos posible, de forma que asiente con una sonrisa de aquiescencia para evitar la confrontación y se vuelve a la almohada a descansar de esa fatiga que da el mentir.

Una vez encasillado su primer condicionante: el animal y controlado convenientemente, descubre la capacidad de su pensamiento y comienza a elaborar estrategias que le permitan vivir racionalmente en un mundo que le exige comportamientos irregulares, basados en principios económicos y egoístas. Se acomoda externamente a las costumbres e ideologías del entorno que le ha correspondido y, así, pasa desapercibido ante los grandes poderes que podrían, incluso, haber decidido injustamente sobre su existencia.

Por eso

4.-Tiene pensamiento

y ahí se esconde. Si le gusta algo que a los demás no les gusta, lo hace a escondidas o, simplemente, se recrea en pensarlo mientras sonríe por dentro. Sabe que su cerebro es su verdadero mundo. En él crea y recrea horizontes infinitos llenos de galaxias incomprensibles.

En ese mundo tan amplio, las cosas cotidianas quedan desdibujadas y pierden su aparente importancia. Sabe que la existencia de las cosas depende del pensamiento y que el cosmos es algo que solo existe porque existe nuestra mente. Piensa que para que haya espacio no tiene que crearlo, sino crear sus límites. Por eso dice que el polígono perfecto es el triángulo, porque crea un espacio inamovible. Y así, ha buscado en él mismo sus tres lados y vive en el espacio interior que ha sido creado por él y pasea alternativamente acercándose a un lado o a otro en su propio mundo.

Un lado le proporciona satisfacciones corporales breves y primarias. Es un vehículo al que hay que engrasar, cuidar y echar combustible y que posee sensores externos por los que percibe sensaciones tridimensionales primitivas.

Su cuerpo es como una maquinaria prestada en la que tiene que vivir. Los sensores externos de su naturaleza van acumulando datos a velocidades vertiginosas en el almacén principal.

Otro lado se dedica a procesar todos los datos y a interrelacionarlos para extraer deducciones secundarias que almacena en unas estanterías temporales. Allí es a donde recurre cuando tiene que tomar decisiones sobre su comportamiento o sobre su relación con el entorno. Es allí donde sopesa cualquier decisión sobre su supervivencia basándose en experiencias y conocimientos anteriores. Es en este lado donde se procura la estabilidad aparente y en donde se cuida el lado primitivo para que siga procesando de la forma mejor posible todos los datos. Es cuando está en este lado cuando le vemos con su comportamiento habitual y si tuviéramos que hablar de él con sus amigos, veríamos que no tendrían conocimiento de su verdadera naturaleza interior.

El tercer lado es difícilmente definible, ya que es superior al lenguaje. A él va cuando supera los condicionamientos temporales y espaciales. Aprovechando las sensaciones primitivas y su posterior elaboración, añade el concepto de sensación a las anteriores capacidades y crea un nuevo concepto, el de "*estado*" que no depende del espacio ni del tiempo.

Desde este lado tiene una perspectiva diferente del cosmos inicial, pudiéndolo ver a la vez desde puntos distintos y desde diferentes momentos. Esa capacidad solamente es puntual y dura breves instantes, como chispazos, generalmente animados por el ensueño de las noches insomnes y aporta una relatividad a la estructura triangular que, por instantes tiembla como queriendo convertirse en una figura prismática.
Pero nunca lo consigue del todo, porque uno de los lados se niega a proyectarse sobre sí mismo y provocar así una deformidad que impediría culminar el proceso, mientras el otro lado provocaría una elaborada alerta sobre la supervivencia.

Así, las sensaciones le proporcionan la información, el pensamiento es la herramienta principal que le proporciona el procesamiento y el sentimiento le acerca a la perfección nunca alcanzada. De este modo se siente completo pero disperso entre fuerzas dispares que trata de hacer congeniar continuamente.

5.-Va caminando

por un entorno oscuro, por el que se encuentra continuamente obstáculos. Lleva en la mano una linterna con la que busca un posible sendero que seguir. Cada vez que la mueve, ve entornos diferentes que parecen crearse a medida que son iluminados.

Continuamente tiene que decidir entre uno y otro y cuando lo hace, nota cómo un futuro posible se desvanece en la no-existencia. Su vida han sido cientos de vidas que han quedado en la oscuridad.

Cada decisión, casi cada instante, ha elegido una dirección lo que ha provocado una revolución universal. En otros mundos viven esas vidas una existencia propia que, combinada con millones de posibilidades a su vez y con las de las demás personas, forman un mundo onírico de infinito número de posibilidades de las que solo se puede vivir una.

Cuando tropieza, lejos de ser un retroceso, la luz de su linterna proyecta fogonazos erráticos hacia los lados, lo que, en ocasiones, le ha dejado ver senderos que de otro modo nunca hubiera descubierto.

Ha analizado su cerebro y ha observado que, en un solo día ha empleado el "si…." condicional más de dos mil veces. Cada vez que lo ha hecho ha dirigido la linterna a un lado diferente y ha hecho desaparecer cientos de millones de vidas mientras ha creado otras nuevas. Se da cuenta de que la existencia de las cosas depende de él de la misma forma que él ha sido posible en su estado actual gracias a una combinación de decisiones encadenadas desde millones de años. Ese ovillo creacional constituido de un infinito número de triángulos está sólidamente enredado obligando a que cualquier suceso en cualquier punto tenga una repercusión existencial sobre el conjunto.

Y así fue cómo descubrió que él era a la vez una infinitesimal parte del todo y que el todo era dependiente de él.

Y fue, desde ese momento en el que comprendió dónde estaba y en el que recordó lo que había olvidado.

6.-Hemos coincidido

mucho tiempo después, cuando paseaba con las manos en los bolsillos, con los auriculares puestos y la mirada perdida más allá de las cosas.

Nada más verle supe que ya le conocía, no sé de cuándo ni dónde, pero mi acercamiento fue algo natural, como si no existieran barreras sociales en ello. Fingió no reconocerme al principio pero mi insistencia le obligó a pararse para saludarme. Empleó sus acostumbradas frases parachoque que tan buen resultado le habían dado con otras personas al objeto de desembarazarse lo antes posible de una conversación plana y sin contenido.

No tuve más remedio que pronunciar unas pocas palabras silenciosas, en clave, para que se quitara los auriculares y decidiera que tal vez podríamos hablar de algo interesante. En ese momento pude ver una chispa en sus ojos, cuando su mirada retornaba desde ese más allá y se fijaba en las cosas más próximas.

Viéndole más cercano introduje suavemente una mano en su corazón y comenzamos un largo paseo por la alameda del pensamiento, a la orilla del río de las inquietudes, con su color nacarado, casi dorado en el atardecer.

Nuestras conversaciones comenzaron en el suelo, donde residen todas las cosas triviales y se fueron levantando poco a poco, animadas con el calor de la confianza y mullidas en un diván de ansiedad que vislumbraba posibles descubrimientos.

Porque su mente, tejida con puntadas cuidadosas, presentaba frecuentemente huecos sin rellenar en donde las preguntas se amontonan desordenadamente esperando la luz que las convierta en otra puntada más del tejido final.

Ese paseo fue el primero de muchos otros. Cada uno fue nuevo e irrepetible. Siempre comenzábamos pisando la hierba húmeda de la mañana y terminábamos caminando por encima de ella, sin dejar huellas, flotando a unos centímetros. Al despedirnos, cada tarde, seguíamos aún un tiempo así mientras volvíamos a nuestros hogares descendiendo poco a poco hasta ser devorados por el sueño. Allí encontrábamos el refugio primitivo del que procedíamos y allí era donde restablecíamos nuestros pensamientos y recuperábamos nuestra esencia en la realidad onírica de las bibliotecas interiores.

7.-Sabía leer

en su interior. Me contó que, al dormirse, abría la puerta que le unía con las habitaciones secretas de su interior. Me contó que él era un espacio finito y cerrado limitado por paredes rectas y sobrias, por paredes herméticas sin puertas ni ventanas.

Pero me contó que, por la noche, a punto de dormirse, con la mente aún despierta y los ojos en el techo de su habitación, al rozar con suavidad un punto cualquiera de una de las paredes, ésta se permeabilizaba dejándole pasar a un mundo sin esquinas, a un mundo esférico que se agrandaba a medida que se acercaba a uno de sus límites de forma que nunca tenía fin. Allí encontraba todo lo que quería, todo lo que ha existido y existirá, todo lo que es real e imaginario. Allí fue donde cogió una vez una galaxia en su mano y la pudo observar tranquilamente para dejarla luego donde estaba, del mismo cuidadoso modo que si devolviera una mariposa a la rama de donde la cogió.

En su esfera infinita encontraba las respuestas a todo. En un principio le invadió la urgencia de consultar todas las páginas secretas de un tirón, pero eso le despertó sudando en medio de violentas convulsiones. Día a día fue escalonando sus inquietudes hasta que, en una ocasión, se encontró sin preguntas. Y no es que se hubiera contestado a todas ellas. Es que, a medida que se contestaba una, las demás preguntas iban difuminándose en el olvido hasta que se quedó sin ellas.

Fue ese el día que comprendió que lo que tanto le había inquietado no eran las respuestas no contestadas si no las preguntas indebidas. Y cuando comprendió que las preguntas habían nacido de la ignorancia y de la limitación, desaparecieron los límites y con ellos las preguntas: Todas las cosas se colocaron automáticamente y el dibujo quedó casi completo y coherente.

Desde entonces, sus paseos esféricos eran un sinfín de músicas y colores de los que disfrutaba sin preguntarse nada, simplemente.

Me contó que el universo era solo luz. Me contó que nosotros éramos luz también pero de una intensidad tan baja que no lucía apenas. Me contó que todo era lo mismo, pero que la diferencia de unas cosas y otras era solamente debido a su vibración. Y no había más que sintonizar la vibración de cada cosa para sentir esa cosa, para ser esa cosa.

De este modo se podía saber, adivinar, prever y que todas esas cualidades dejaban de ser interesantes.

-Una piedra-, me decía,- quedaría sorprendidísima si supiera lo que es ver y lo que ves.-

-Sin embargo tú lo encuentras natural y has dejado de darle importancia. Y, sin embargo, das importancia a alguien que sabe lo que va a pasar mañana. Tú eres ahora la piedra.-

-Siendo luz deja de existir el tiempo y la distancia no cuenta-.

-Pero,- objetaba yo-, la luz "tarda" en llegar de un sol a otro. Sí que cuenta.-

-Tarda en nuestros relojes, pero al no existir el tiempo, la luz "tarda" cero instantes en llegar de un extremo a otro de la galaxia. Y, como cuando llega es el mismo instante que cuando salió, es que está a la vez en los dos sitios.-

-O sea, que está en todas partes.-

-Sí.-

-Pero nosotros vemos cómo se desplaza tardando. Vemos que algo está en sombra y de repente está en la luz de esa estrella.-

-Te repito,- se rió,- que es nuestro tiempo solamente. Hemos inventado el tiempo para poder tener espacio y dimensión, para poder inventar la vida. Hemos cogido un instante y lo hemos abierto haciendo un hueco en donde todas las leyes físicas funcionan porque se socorren unas a otras, se apoyan y se justifican. Pero fuera de ese hueco no funciona nada de lo que aquí y ahora parece funcionar. Nuestro cerebro es limitado y necesita tiempo para asimilarlo todo, así que ha fabricado el tiempo para poder ir más despacio.-

Me explicó otro día, ante mi inquietud, cómo era posible sintonizar otra vibración que no fuera la propia.

-Para ello, decía, lo primero que hay que hacer es que "casi" desaparezca la vibración propia. Si desapareciera del todo moriríamos, pero nuestro yo *más profundo nos cuida y nunca lo permite hasta ese punto. Hecho esto habremos dejado un hueco libre en nuestra banda de frecuencias para sintonizar otras. Hay que ir poco a poco. Pero el paso más importante es:*

8.-Quitar.

Quitar parecía ser la clave de casi todo. Paseo tras paseo fui comprendiendo que en nuestras manos estaba todo lo que necesitábamos. Que no era cuestión de surcar los mares ni subir las montañas como hacen los demás.

Me dijo que la locura humana consistía en querer satisfacer la necesidad interior de la búsqueda de la verdad en las cosas externas y así nos íbamos llenando de artilugios, costumbres, ritos, ideas, tradiciones indigestas que iban ocultando más y más cada vez la verdadera escritura de nuestro interior.

No acababa de comprender cómo hacer práctico eso de quitar. Él me explicaba que me dejara llevar, un día cualquiera, por las circunstancias y que, cuando se me planteara un problema no tratase de taparlo con algo más intenso. Que descubriera qué era lo que había causado el problema y lo quitara.

Así fue cómo descubrí que el procedimiento humano más frecuente, consistía en añadir algo para eliminar un problema. Un ejemplo clásico es la medicina, en la que se añade un producto químico para hacer desaparecer un dolor, cuando lo correcto es localizar la fuente del dolor y eliminar lo que lo produce, evitando así que el fármaco provoque una nueva necesidad al crear efectos nocivos adicionales.

Y ese fue el principio de mi "quitar", hasta el punto en que me di cuenta de que quitar era sobre todo simbólico. Tenía que quitar de mi interior todas las cosas que se habían pegado a mi piel aunque estas cosas podrían permanecer a mi lado siempre que no me poseyeran.

-"Al lado sí. Dentro no", -me diría.
-Y, si a fuerza de quitar y quitar ¿me quedo sin nada?-
-Esa es la idea,- contestó.

La respuesta me inquietó pero me di cuenta de que no debía seguir preguntando. ¿Quitarlo todo? ¿Quedarse sin nada? ¿SER nada? Decidí dejarlo para otro día.

Y esa tarde seguimos paseando en silencio el resto del tiempo porque se encerró en un mutismo absoluto, con la mirada perdida en algún punto que yo no alcanzaba a ver.

En ocasiones se sentaba en una gran piedra y parecía ignorarme durante largo rato. Al principio me sentía incómodo pero no tardé en comprender que no le molestaba.

No estaba realmente allí en esos momentos, ni siquiera sabía que yo estaba a su lado. Se iba a algún punto de su interior de donde volvía con otra mirada, con la piel casi resplandeciente, como transparente. Los ojos parecían más grandes que antes y la mirada contenía una profundidad imposible de sostener.

Con el tiempo empecé a aprovechar esos ratos para seguir alguno de sus consejos.

Fijando la vista en un punto lejano iba perdiendo la noción del resto de las cosas hasta que parecía como si se fuera oscureciendo el entorno y solo quedara un círculo iluminado allí donde iba la mirada.

Los lados del círculo se iban curvando hasta que solamente quedaba delante de mí un tubo largo con una luz en el final. En esos momentos adquiría una conciencia del yo diferente de la habitual. Parecía como si el universo se detuviera y me fuera fácil entenderlo todo. Los sonidos ambientales empezaban a disminuir y, pasado un rato, me sentía flotar en medio de la nada, en silencio, hasta que, bruscamente, algo me volvía a la realidad que en ese momento se me antojaba triste.

9.-Me enseñó

a ver mi vida de otra manera. Desde el primer día me había dado cuenta de que sabía de mí más de lo que yo había creído. Y eso es porque, en la medida que una persona se va conociendo mejor a sí misma, paralelamente, como un regalo añadido, va viendo el interior de los demás.

Eso ya me lo había explicado. También me había dicho que, cuanto mejor veía el interior de las demás personas, más le costaba controlar sus propias reacciones. Fue eso lo que le hizo crecer. Comprender más de lo que uno es capaz de asimilar solo te deja dos caminos: madurar para comprender y asimilar lo que se descubre o renunciar al propio conocimiento.

En un punto del paseo, en medio de una niebla que se escapaba de los prados húmedos me dijo que esa inquietud que tenía no debería perturbarme.
Le pregunté a qué inquietud se refería. Sabía cual era pero me costaba creer que él lo supiera.
Se trataba de una sensación que iba aumentando año tras año. La había empezado a tener apenas con la adolescencia e incluso la había compartido con algún amigo a la vuelta del colegio. Ahora, con muchos más años, había ido creciendo dentro de mí de tal forma que ocupaba una gran parte de mi pensamiento.

De niño estaba seguro de que la existencia de las personas tenía un fin preestablecido, una meta que había que cumplir. Estaba seguro de que cada uno tenía la suya pero que muy pocos se daban cuenta y seguían el camino correcto. Estaba seguro de que a mí se me había reservado una misión importantísima de gran calado social y que sin mi participación el mundo carecería de uno de los pedestales necesarios para su feliz culminación.

Y, al ir progresando en el tiempo, iba viendo cómo mi vida era anodina, amorfa, sin ningún tipo de transcendencia. Al mismo tiempo, mi escepticismo natural chocaba con esa creencia y me decía que era producto de alguna deformación personal solamente.

-*Es cierto*-me dijo-*cada uno tiene algo importante que hacer, pero no es como tú lo planteas. La palabra importante define muchas situaciones anodinas, desconocidas y que no dejarán rastro en la historia. Todo lo que haces arrastra la vida a millones de situaciones diferentes. **Basta con que cambies de acera y ya has cambiado el mundo**. Pero no es necesario que seas importante, ni que figures en los libros ni que se acuerden de ti pasados los años. Solo tienes que estar atento a las señales y, desde luego, como ya todo el mundo sabe, a ser tú mismo. La verdad se esconde en las cosas más humildes. Una mota de polvo es a la vez el universo.*

atrás le había preguntado, no sin ruborizarme, si él pertenecía a este tiempo o si venía de otro.

Fue piadoso y evitó una carcajada que era lo que hubiera sido más normal. Se limitó a sonreír y, después de un rato de pensar me dijo:

-Sabes, porque ya se ha probado, que una nave espacial a una velocidad próxima a la de la luz hace que un reloj colocado en ella tenga en dos horas lo que en la tierra serían dos años.-

Hizo una pausa mientras esperaba mi afirmación.

-Eso es porque la nave espacial va más deprisa que la nave tierra.-

Nueva pausa larga.

-Si tú estuvieras en la nave y pudieras ver a la gente en la tierra la verías moverse muy deprisa. Harían, en dos horas tuyas lo que tú harías en dos años. Sin embargo, si ellos miraran dentro de la nave te verían casi paralizado. Tardarían horas en notar que habrías movido un dedo.

Me quedé pensativo. Nunca lo había visto así. Conocía la teoría de la relatividad y sabía que el tiempo se modificaba en función de la velocidad y del espacio, pero el ejemplo era, cuando menos, sugerente.

-Si, en nuestro ejemplo, aumentamos la velocidad de la nave, la diferencia sería mucho mayor. Llegarías a ver a la gente como una sombra o mejor, llegaría un momento en que no la verías. Y ellos te verían convertido en una estatua de piedra.-
-Así lo entiendo-, respondí.
-Sin embargo, -continuó sin apenas escucharme-, *ellos y tú estaríais existiendo a la vez, estaríais haciendo cosas pero no podríais veros.*
Nueva pausa dramática.

-Ahora imagínate que hay otra persona, en otra nave, pero que se queda quieta viendo cómo se aleja la tierra en sentido contrario a la nave anterior. Una nave que va infinitamente despacio respecto a la tierra y mucho más

respecto a nosotros. Tendríamos a tres tipos de seres humanos incapaces de verse y de reconocerse como tales porque sus velocidades serían infinitamente diferentes.-

Esta vez me costó un poco más hacerme a la idea pero acabé entendiendo la teoría.

-Y ahora piensa en un número enorme de seres que se mueven en velocidades intermedias entre uno y otro extremo.-

A esas alturas, mi capacidad de imaginación estaba a punto de fracasar. No podía "*sentir*" la idea, pero, desde luego sí podía entenderla teóricamente.
-Ahora mira esa piedra-.
Detuvimos nuestros livianos pasos y miramos una piedra redonda, vulgar, que estaba en medio del parque.

*-No nos ve-*dijo-*porque nuestra velocidad atómica es infinitamente superior a la suya. No sabe de nuestra existencia ni nunca sería capaz de imaginarnos. Y nosotros no vemos sus movimientos que la convertirán, dentro de unos millones de años en una maravillosa geoda cristalizada en la que se está convirtiendo en estos instantes.*

Tuve que detenerme. Unos pasos más adelante se detuvo y se volvió a mirarme. Me pareció notar en su cara un gesto cariñoso y risueño.
-¿Sí?-
*-¡Claro!-*contesté para dar la impresión de que dominaba la situación.
Pero aún me quedaba una duda:

-Dime, cuando hablamos de velocidad, nos estamos refiriendo a una velocidad respecto de qué, porque, que yo sepa, cada sol, cada astro, cada objeto, se mueven en todas direcciones.-

Sonrió de nuevo. *-Coge un pedacito de materia y comienza a hacer disminuir la velocidad interior de sus partículas. Poco a poco se irá, primero, enfriando mucho, mucho y mucho más. Y, si continúas, desaparecerá, porque es la movilidad la que hace que exista el calor, las dimensiones, la materia, y éstas hacen que exista el tiempo.*
*-Además,-*terminó-*hay un punto de referencia.*

Al decir esto último su semblante cambió. Se tornó serio y reanudó el paso sin esperarme. El resto de la jornada no volvimos a hablar hasta la vuelta a casa.

He pasado muchas noches dándole vueltas a sus palabras. En algunos momentos, la idea se ha ido adueñando de mí y he sentido vértigo. Incluso he tenido que encender la luz de la mesilla de noche para asegurarme de que las paredes, el armario y todo lo demás estaban en su sitio.

Poco a poco he podido asimilar el contenido de su teoría y eso hace que se expliquen solos un puñado de misterios que tiene a la humanidad preocupada.

11.-Le pregunté

otro día, como continuación a nuestra charla, si, entonces, era posible viajar en el tiempo como aseguraban algunos científicos. Me atreví a insistir en el tema porque esa mañana lluviosa le veía extrañamente alegre.

Jugando con las palabras, como en una broma me dijo que perdían el tiempo jugando con el tiempo. La respuesta era "no".

-Como te dije el otro día, en un mismo instante están sucediéndose todos los tiempos. Infinitos tiempos son simultáneos. Cada uno se comunica con el que coincide en sus vibraciones y no con otro. Ello es debido a que todo sucede a la vez. El tiempo solo existe para la materia, que necesita tiempo y velocidad para existir. Por lo tanto, viajar en el tiempo sería posible si se renunciara a las dimensiones y, por tanto, a la materia. Si tú quieres viajar en el tiempo tienes, primero, que no existir como lo que eres, por lo tanto, nos hemos quedado sin pasajero y, por lo tanto, sin viaje.-Sonrió.

Me atreví a profundizar: *-¿Y si yo no fuese materia?*-mientras le miraba guiñando los ojos de forma pícara.

-Entonces sí-dijo muy serio-*Entonces sí puedes. Pero no viajarás por el tiempo como si fuera una película porque ESTARAS en el tiempo. Y no te pondrás a dar saltos de alegría al haberlo conseguido porque tu apreciación de las cosas, tus deseos, tus apetencias y tus necesidades ya no serán las mismas. Y tu propósito de comprender el tiempo ya no estaría en tu pensamiento.*

12.-El pasado sábado

estuve paseando sólo. Él no acudió a la cita habitual de todas las tardes. Nunca le había preguntado qué hacía cuando no estábamos juntos. Sorprendentemente nunca había tenido curiosidad hasta este paseo.

Me paré y miré hacia atrás. Pude ver sobre la hierba las huellas de mis pasos. Solamente cuando estábamos juntos caminábamos por encima. Hoy me sentía más pesado que nunca. Quería haberle preguntado sobre la música. Ah, y sobre la luz.

Siempre me había sorprendido cómo cierta música me transportaba por encima de todo el entorno. Era incapaz de seguir una conversación si por detrás sonaban ciertas composiciones: unas más que otras. Había mirado las caras de los demás y había observado que no se daban cuenta, que no estaban oyendo. Recordé que esa había sido una de mis primeras sensaciones de soledad que, con los años, se irían acumulando a otras situaciones diferentes por el mismo motivo.
La brisa del atardecer enhebraba lazos de colores azules sobre mí. Más lejos la sombría colina alumbraba una corona dorada de atardecer. A mi lado más colores, más sensaciones.

Entonces recordé un pequeño reproductor de música que estaba en mi bolsillo y decidí que hoy sería un buen día para pasear oyéndolo. Y así lo hice. *Satie, Fux, Locatelli...*

Durante dos horas perdí la noción del tiempo. Estaba oscureciendo. Decidí volver sobre mis pasos y acabar el paseo. Pero no pude encontrar, esta vez mis recientes huellas.

13,-Había pasado

casi un mes desde la última vez que habíamos hablado. Le conté, entusiasmado, mi experiencia con la música. Me escuchó como siempre, mientras miraba a un punto perdido más allá de la vista.

Se detuvo. Puso un dedo sobre sus labios y luego me invitó, levantando levemente los dos índices, a escuchar mientras entornaba los ojos levemente.

¿Oyes?-preguntó.

Le contesté con un gesto negativo de cabeza.

Nuestra zona de paseo estaba en una ladera llena de prados de hierba corta. Abajo, en el valle, discurría un arrollo, demasiado lejano como para oírlo, envuelto en una espesa chopera. Hacia el monte continuaba la pradera unos cientos de metros y luego se convertía en un bosque de matorral de robles hasta la cumbre, fuera de nuestra vista.
Nada interrumpía el silencio, un silencio profundo y casi misterioso.

Insistió con un gesto en que escuchara, así que entorné los ojos y volví a intentarlo. Pero esta vez no intenté escuchar como antes. Y allí, lejos, del fondo, me pareció oír un breve lamento, como de un violonchelo, una nota perdida en el viento que se iba haciendo más clara. Entreabrí ligeramente los párpados y le vi mirarme sonriendo y asintiendo con la cabeza mientras imitaba con los brazos a un inexistente violonchelista.

Estaba claro que oía lo mismo que yo. No quise entenderlo. Nos sentamos, como siempre, a unos centímetros del suelo, y seguimos escuchando. Poco a poco unos ágiles dedos infantiles movieron un arco en el aire y una segunda nota y una tercera fueron apareciendo de la nada, como si se hubieran desentrelazado del robledal donde dormían porque nadie les escuchaba. Y, ahora, encantadas porque tenían nuestra atención saltaban y resbalaban por la ladera hasta nosotros. Pronto fue una armonía completa. Me recordaba a *Savall*.

Estuvimos así mucho tiempo. Se hizo tarde. Unos alargados dedos de sombra nos ayudaron a levantarnos y comenzamos nuestra vuelta al pueblo.

Tal vez hubiera debido preguntarle, en el camino de vuelta, qué había sido esa música, qué había pasado. Pero no pude. Todo el tiempo me había invadido una sensación de paz irreconocible. No sentí la necesidad de una respuesta. Sabía que no la había. Sabía que había cosas que no se pueden preguntar porque la propia pregunta pertenece al mundo de lo tangible, de lo racional. La música debía oírse, a la música no se le debían poner títulos ni ideas. La música, como la poesía, no tienen explicación académica. Existen solo dentro de nosotros en su estado más puro. Son el resultado de nuestra propia armonía.

Y a esa conclusión llegué yo solo, sin que él me lo dijera.
Tal vez, me dije, solo tal vez, he empezado a entender. Y una agradable sensación me recorrió la piel.

Cuando volví intenté dormir. Era muy tarde. La almohada me devolvió unos sueños incomprensibles. Y, dormido, escribí con el corazón:

"Me dijiste que me zambullera en lo más profundo de tu mirada para comprenderte y así lo hice. Sentí al hacerlo una tibia sensación cariñosa que me acogía. Sentí tu pensamiento cálido y burlón cómo me envolvía y me protegía desde su profundo afecto. Y esa noche pude dormir por fin, con la sensación de estar engullido en un mar de plumas".

Tuve que levantarme para dejarlo escrito porque si no, no lo recordaría más adelante. Hoy lo leo y me conmueve nuevamente esa sensación cariñosa de entonces.

no obstante. Una vez que yo había comprendido todo lo que me había contado, me surgió la pregunta inevitable inmediatamente.

Era evidente que todo su cuerpo material, todas sus células, deberían ser incapaces de soportar el espacio que ocupan dentro de las tres dimensiones. Es evidente que una persona sin preguntas no puede soportar la existencia.

Cuando le mostré mi perplejidad sus pies se apoyaron de nuevo en la hierba. Bajé la mirada esperando su respuesta. Su mirada estaba baja, su respiración tranquila. Se detuvo. Se sentó con las piernas cruzadas y saboreó lentamente una hoja entre sus dientes.

-No lo sé-
Pude observar la emoción de sus palabras y la humedad de sus ojos.
-Dímelo tú-

Aunque hubiera sabido la respuesta no hubiera podido dársela. Su propia emoción me afectaba, mezclada con mi sorpresa. Y, si se la hubiera dado, habría sido MI respuesta pero no la suya. Tendría que encontrarla él mismo. Y yo no quería. Estaba empezando a encontrar mi mundo esférico y si él descubría la última pregunta sabía que le perdería para siempre y que se acabarían los paseos interminables a la luz de la brisa del atardecer.

Nadie que haya resuelto TODAS sus dudas puede sobrevivir en este mundo de tres dimensiones. Existimos así porque no conocemos otra forma de existir. De conocerla, cada una de nuestras células estallaría en millones de luces deslumbrantes y quedarían convertidas en la energía que somos. Me dijo que aquí nos retenía nuestra imperfección, que era la que daba forma de materia a nuestro pensamiento. Me explicó que cada segundo de nuestra vida se apoyaba en el instante anterior y soportaba el instante siguiente desapareciendo en él.

Durante unos días nuestros paseos fueron bastante silenciosos. Caminábamos parejos y en silencio. Muchas veces iba con la cabeza baja, mirando esta vez las huellas de nuestros pies sobre la hierba húmeda. Intentaba no preguntarse por qué seguía aquí.

Quería usar la misma técnica sin que la respuesta y la pregunta se dispersaran en la nada, pero no podía dejar de preguntárselo. Era la última pregunta.

15-La última pregunta

no debería estar ahí. Ese era precisamente el problema. Cuando hay una pregunta, las preguntas se reproducen. Si él se preguntaba: ¿porqué sigo vivo?, esto generaba la pregunta: ¿porqué tengo una pregunta todavía? Y eso son ya dos. Y podemos añadir:

¿Porqué no he podido disolver esta pregunta como las otras?
¿Cuál es la imperfección que no he visto?
¿Qué es lo que me retiene?
¿Será que me queda algo por hacer?
¿Será que tengo miedo a lo desconocido?
¿Significará eso que no estoy seguro de todo lo que no necesito saber?
¿Me molesta no saber la respuesta porque atenta contra mi vanidad?
¿Es que soy vanidoso?
¿Temeroso?
...
La última pregunta tiene muchos hijos. Y, ante eso, los años de meditación y experiencia le parecían ahora infructuosos. No importaba que sus preguntas fueran algo más metafísicas que las que se hacen el resto de los mortales. Cada uno tiene sus preguntas, sus dudas, sus asuntos pendientes. Y da lo mismo que se trate de alguien de mente primitiva con un par de simples preguntas solamente que de alguien superelaborado que tiene una sola.

Cuando la última pregunta se rompe en miles de pedacitos, de cada uno de ellos sale una nueva pregunta que a su vez genera otras. Y aunque las vayamos eliminando de una en una, de atrás para adelante, basta con que quede una para volver a empezar de nuevo y así siempre, como el jersey de Penélope.

En este punto ya había resuelto gran parte de mis preguntas y, en mi carrera ascendente sentía cómo podría encontrarme con él en su carrera descendente.

Mientras que yo había conseguido ya en varias ocasiones penetrar los duros muros de mi consciencia siguiendo sus instrucciones y había empezado a ver el lomo de los gruesos volúmenes que llenaban la biblioteca de mi subconsciente, él no conseguía expandir su esfera infinita y las galaxias quedaban ahora fuera del alcance de sus manos.

En nuestros paseos había ahora mucha más locuacidad que antes. Ahora era necesario el repaso una y otra vez de cientos de conceptos, de montones de ideas que nos llevaran de nuevo al camino que se había perdido. Frecuentemente le notaba triste y taciturno. A medida que su gran pregunta no contestada ni difuminada crecía en importancia, crecían también en importancia otras pequeñas preguntas que hasta entonces habían desaparecido.

16-Fue un día

lluvioso. El aire susurraba un fresco olor a hierba. Nos habíamos encontrado en el mismo lugar de siempre. Parecía un día más, sin embargo, algo terrible y maravilloso para mí iba a suceder aquel día que marcaría un hito en mi propia vida y que, incluso hoy, me cuesta recordar sin lágrimas.

Su aspecto parecía ya augurar que algo nuevo iba a producirse. Su aire, habitualmente ausente, esta vez parecía distinto: me miraba con inquietud, como si supiera de antemano que yo iba a provocar algo importante aquel día en el funcionamiento del universo.

Fue él mismo el que, contra la costumbre, inició él el diálogo esta vez.

Retomó nuestra anterior conversación donde la habíamos dejado. Habíamos llegado a la conclusión de que, lo que retenía a una persona en este escenario era que tenía preguntas que necesitaba contestar.

Ya sabíamos, a estas alturas, que cuando morías por vejez o enfermedad, era el cuerpo físico el que había tomado la decisión y que no se podría dar un salto cualitativo hacia estados superiores hasta que fuera el propio espíritu el que, respondidas todas las preguntas, decidiera que el cuerpo ya no le era útil produciendo así otro tipo de "*muerte*". Realmente, esta especie de muerte debería llamarse "*transformación*" más bien, porque eso era precisamente lo que era.

Hoy también nuestros pies se fueron despegando poco a poco de la hierba húmeda. Las últimas casas se estaban perdiendo tras el horizonte. Delante solo quedaban las praderas interminables con las alargadas sombras del atardecer.

Repentinamente, una idea cruzó a gran velocidad por mi mente.
-*¿Qué?,*- me dijo deteniéndose bruscamente mientras me miraba. Me había cogido un brazo para obligarme a mirarle. En su cara había una expresión que me era desconocida. Había algo de miedo, pero no, no: era ansiedad, deseo, ilusión.

Se paró frente a mí mientras me sujetaba los brazos. Su mirada insistente era una pregunta continua. Había visto pasar por mi mente una idea pero no había podido averiguarla como otras veces porque esta vez la idea le afectaba directamente y eso le producía un bloqueo. Pero sabía que estaba ahí, esperando a mis labios para salir al mundo exterior.

-¿*Qué?,*- repitió zarandeándome.

La idea pasó de nuevo, como un destello que atravesara mis ojos. Sus manos temblaban. Sabía que yo tenía lo que estaba buscando hacía tiempo. Agaché la mirada empezando a temblar también. No quería decirlo. Hubiera deseado que esa idea no se hubiese apoderado de mí. Hubiese deseado que aquellos paseos interminables, flotando sobre la hierba húmeda de los prados hubiesen durado siempre.

Pasaron algunos minutos eternos. Levanté la mirada, despacio, temiendo encontrarme con la suya, que, sin embargo, ahí estaba, latiendo como la de un niño, con los ojos húmedos como la hierba que no tocaba nuestros pies.

Nuestras miradas se encontraron. En la suya vi inocencia, alegría, paz y esa paz fue entrando en mí lentamente. Dejé de temblar. De pronto supe lo que debía hacer. Ya no tenía miedo a quedarme solo. Sabía los pasos que había que dar.

Oí cómo mis labios se movían, despacio, pausados, mientras unas palabras, casi una música decía:

-*"Existes porque quieres NO existir"*.-

Silencio. Un minuto. Sus manos fueron aflojando poco a poco mis brazos. Dejó de temblar. Su cara se fue haciendo más blanca, más transparente. Una sonrisa leve.

Levantó los ojos, los cerró unos minutos y luego, bajándolos de nuevo me miró:

-*"Gracias. Hasta ahora"*.-

Su mirada estaba dirigida a mí pero en realidad miraba detrás de mí. En unos instantes empecé a ver el paisaje detrás de su cuerpo, poco a poco, como en un fundido, hasta que dejé de verle por completo.

Una ráfaga de aire me revolvió el pelo y unas partículas brillantes aparecieron un instante donde había estado él. Mis pies descalzos tocaron la hierba húmeda de nuevo. No había nadie. Y, lentamente, con las manos en los bolsillos, di media vuelta y me encaminé muy despacio, como en un sueño hacia la ciudad que había desaparecido tras el horizonte.

17-Hoy

sigo aquí.

Frecuentemente me doy largos paseos. Parece que hablo solo y, a veces, alguien se me queda mirando sorprendido. En algunas ocasiones mis pies se han elevado sobre la hierba, o sobre el asfalto.

A veces he notado una ráfaga procedente de una sonrisa. Entonces he vuelto a sentir paz. Pero la fuerza de la gravedad es insistente y pertinaz y, una y otra vez, me devuelve a la tierra.

En ello se esfuerzan inocentemente otras personas con las que me encuentro y que me hablan en un lenguaje incomprensible que yo finjo entender.

Pero, poco a poco, (lo noto), voy oyendo con más claridad palabras y sonidos sueltos, en medio de cualquier actividad. Tengo que estar atento, porque si no pasarían desapercibidas. Su lenguaje es similar al que teníamos en nuestros paseos él y yo. Y, hoy en día, tengo ya la mayoría de las respuestas contestadas.

Pero aún me quedan algunas que no sé pronunciar.
Tal vez haya alguien, o tal vez seas tú, quien me ayude a responder a la última.

Porque todo lo que he contado no es realmente la historia. La verdadera historia, la que en realidad os quiero contar, empieza ahora: